会消失的人

[法] 纪尧姆·米索——著

关鹏——译

L'instant
présent

湖南文艺出版社
HUNAN LITERATURE AND ART PUBLISHING HOUSE

博集天卷
CS-BOOKY

凤凰阿歇特
hachettephoenix

献给我的儿子。
献给我的父亲。

目录

爱有着噬人的利齿，留下的伤口永难愈合。

——斯蒂芬·金

序曲 恐惧史

人的一生就是一部恐惧史。

——巴勃罗·德·桑蒂斯

1971 年

"亚瑟，别怕！跳下来！我一定会接住你！"

"你……你保证吗？爸爸。"

那年我五岁，两腿悬空坐在双层床的上铺。父亲在下面张开双臂，一脸宠爱地望着我。

"来吧，小伙子！"

"我害怕……"

"我说过会接住你的。不相信爸爸吗，小家伙？"

"相信……"

"那就跳下来吧，我的小冠军！"

我摇了摇圆滚滚的脑袋，犹豫了几秒。然后，我咧开嘴笑起来，向前跃入空中，想要紧紧搂住爸爸的脖子。他是这个世界上我最爱的男人。

在落入他怀中的前一刻，我的父亲——弗兰克·科斯特洛，突然故意向后退了一步。紧接着，我摔了个狗啃泥。下巴和脑门磕在木地板上，疼得厉害，耳朵嗡嗡作响，颧骨被撞得凹了进去。我头晕目眩，半天爬不起来，正要号啕大哭，父亲说了一句让我终生难忘的话："这辈子，你不能相信任何人。懂了吗？亚瑟。"

我望着他，害怕极了。

"任何人！"他重复一遍，神情悲伤而愤怒，"包括你的亲生父亲！"

CHAPITRE I / 第一章　二十四风向灯塔

灯塔

> 我问自己，
> 过去到底给我们留下了什么。
> ——弗朗索瓦丝·萨冈

1

波士顿 1991 年春

6 月的第一个星期六，上午十点整。父亲突然来到我家，带着意大利杏仁蛋糕和柠檬味奶油甜酥卷。这是他妻子特意为我准备的。

"亚瑟，今天咱们一起过吧。"他一边说，一边打开咖啡机，好像在自己家一样。

去年圣诞节后，我就再没见过他。我靠着厨房的桌子，注视着映在烤面包机金属外壳上的自己：满脸胡楂，头发蓬乱，眼圈发黑，眼窝深陷——全拜睡眠不足和过量的苹果马提尼所赐。我穿着一件高中时买的蓝色牡蛎乐队旧 T 恤，一条褪色的短裤，上面印着"巴特·辛普森"。昨天晚上，在值了四十八小时班之后，我和维罗尼卡·耶朗斯基一起去赞琪酒吧豪饮了一番。在我们马萨诸塞州综合医院的所有护士里，她是最性感、最开放的一位。

这位波兰美女和我一起过了夜，但很明智地在两小时前悄悄离开，还顺便带走了她那包大麻和卷烟纸，成功地躲过了我父亲。他是我们医院外科的大人物，被他撞见会十分尴尬。

"来杯双份意式浓缩咖啡吧，这是新的一天最好的清醒剂。"弗兰克·科斯特洛说着，把一杯浓咖啡放在我面前。

房间里弥漫着浓郁的大麻味，他打开窗子通风，没说什么。我一面大口吃着点心，一面用余光细细打量父亲。他两个月前刚过完五十岁生日，但头顶的白发和脸上的皱纹让他看起来比实际年龄老了不止十岁。尽管如此，他还是魅力十足。他脸形匀称，长了一双保罗·纽曼那样的蔚蓝色眼睛。那天早上，他没有穿名牌西装和定制皮鞋，而是穿着一条旧的卡其色长裤、一件磨破了的卡车司机款套头衫，还有一双厚重的粗皮工装鞋。

"钓竿和鱼饵都在小卡车里。"他一边说一边喝光杯子里的黑咖啡，"如果咱们现在出发，中午前就能赶到灯塔那里。到时候吃快点儿，咱们就有一下午的时间钓鱼了。要是收获还不错，我们就去农舍里做锡纸烤鱼，加点儿番茄、大蒜还有橄榄油什么的。"

他跟我说话的口气就像我们前一天才分开似的，虽然听上去有些不真实，但至少没让人感到不舒服。我呷了一口咖啡，琢磨着他突然要和我一起出门钓鱼的念头到底从何而来。

最近几年，我们几乎没什么联系。我就快二十五岁了，是家里最小的孩子，上面有一个哥哥和一个姐姐。在父亲的支持下，他俩接手了祖父创办的家族企业——一家位于曼哈顿的小广告公司。公司运作得不错，有望在未来几周内被一家大型传媒集团收购。

而我，一直以来都和这些家事保持着适当距离。我是家里的一分子，但却是"游离在外"的一分子，有点像那个生活在国外的放荡不羁的叔叔，就算错过感恩节晚餐也不会让家人恼火。实际上，一有机会我就尽量去远离波士顿的地方求学：我在北卡罗来纳州的杜克大学读了医学院预科，在伯克利医学院待了四年，在芝加哥做了一年住院实习医生。几个月前，我刚刚回到波士顿，在急诊室开始了第二年的住院医生工作。我每周大约工作八十小时。我喜欢这份工作，喜欢它带来的那种紧张刺激的感觉。我喜欢和人打交道，喜欢在急诊室干活，喜欢直面生活中最残酷的可能性。剩下的时间，我在北区的酒吧里释放忧郁，抽抽大麻，或者和像维罗尼卡·耶朗斯基那样不太多愁善感的姑娘们上床。

父亲一直不太赞同我的生活方式，但我令他无可指摘：我自己承担上医学院的费用，没问他要过一分钱。我十八岁那年母亲去世，那时我便萌生了离家的想法，不再期望从他那里得到任何东西。这种疏远似乎没给他带来什么负担，他和众多情妇中的一位结了婚，这个迷人而聪明的女人是他的贤内助——在这一点上她的确表现非凡。我每年去看望他们两三次，这样的频率让大家都觉得舒服。

所以那天早上，我感到非常诧异。父亲就像从盒子里突然弹出来的玩偶一样，重新出现在我的生活中，拉着我的袖子，要把我拽回到和解的道路上——而我对这些早就不抱任何期待了。

"好吧，你到底去不去钓鱼？"弗兰克·科斯特洛加重了语气。面对我的沉默，他快要沉不住气了。

"好吧，爸爸。给我点儿时间，我冲个澡，换件衣服。"

这下他满意了，从口袋里掏出一包烟，用一个老式银色打火机点着了一支。

我惊讶地问："我以为你的咽喉癌稳定之后，就已经戒……"

他看了我一眼，目光如利剑般刺了过来。

"我在小卡车里等你。"他说着从椅子上站起来，喷出一口长长的烟。

2

从波士顿到科德角东面，车程大约一个半小时。这是春末一个美丽的清晨，天空纯净而明亮，阳光洒在风挡玻璃上，散射出金色的微粒，在仪表盘上方飘浮着。父亲保持他的一贯作风，从不为了维持闲聊而拼命找话题，这样的沉默倒也不会让人感到压抑。一到周末，他就喜欢开着这辆雪佛兰小卡车到处跑，收音机里循环播放着几盘磁带：弗兰克·辛纳屈的精选集、迪恩·马丁的演唱会专辑，还有一盘没什么名气的乡村音乐专辑，是艾佛利兄弟在职业生涯的最后几年录制的。卡车后窗上粘着一张不干胶宣传单，吹捧即将参加1970年议员竞选的泰德·肯尼迪。父亲喜欢时不时地打扮成土里土气的农民模样，可实际上他是波士顿最著名的外科医生之一。更重要的是，他还掌握着一家市值几千万美元的公司。不过，在做生意这件事上，这种放荡不羁的乡巴佬性格着实让他付出了不少代价。

我们驶过萨加摩尔大桥，又开了四十多公里，在山姆海鲜店停下休息，买了龙虾卷、炸薯条，还有一箱啤酒。

差不多过了正午，车子开上一条沙石小道，这条小道一直通向温切斯特湾的最北端。

那里荒无人烟，被无边无际的大洋和岩石包围着，几乎永远都在刮风。就在那片峭壁环绕、遗世独立的土地上，矗立着二十四风向灯塔。

这座用来发射信号的古老建筑呈八角形，通体木质，大约有十二米高。灯塔旁边有一座农舍，外侧围着白色木板，上面盖着尖尖的石棉屋顶。阳光好的时候，这儿是一处令人心旷神怡的度假居所。但天气阴沉或黑夜降临时，明信片般的美景立即变成一幅艾伯特·平卡姆·赖德 [1] 笔下的阴暗画作，如同一场漫长的梦魇——每到这种时候，这地方就变得让人难以忍受。此处房产在我们家族已经传了三代。1947 年，在美国政府组织的一次拍卖会上，一位工程师买下了这处房产，他的遗孀于 1954 年把它转卖给我的祖父苏里文·科斯特洛。

当年，由于资金短缺，联邦政府关闭了一百多个对国家不再具有战略意义的场所——二十四风向灯塔就是其中之一。后来，人们在它南边十五公里的兰福德山上建起了另一座更加现代化的灯塔，老灯塔就彻底被废弃了。

祖父对这桩交易非常满意。入手之后，他立即开始翻新灯塔和农舍，

---

[1] 艾伯特·平卡姆·赖德（1847—1917），美国画家。

想把这里变成舒适的第二居所。然而在施工期间，他却神秘失踪了。

1954 年初秋，人们在农舍前发现了他的汽车。那辆雪佛兰的顶篷敞开着，车钥匙还放在仪表盘上。苏里文习惯午休时坐在岩石上吃饭，于是人们很快得出结论，把他的失踪归结于一起意外溺水事件。尽管海浪从未把他的尸体冲上岸，我的祖父还是被正式宣告死亡，死因是：在缅因州海岸溺水。

我从没见过祖父，但经常听到他的老朋友们谈起他，把他描述成一位特立独行的传奇人物。我的中间名就来自他的教名，继承他手表的人也是我——我哥哥还为此生过气。那是一块卡地亚坦克表，20 世纪 50 年代初制造，有着长方形表盘和青色的钢质指针。

3

"拿上食物和啤酒，我们去晒晒太阳，吃点儿东西！"

父亲关上小卡车的车门。我注意到他胳膊下面夹着妈妈在某次结婚纪念日送给他的公文包，那时我还是个孩子。

我把冷藏箱放在一张木桌上。这张桌子就摆在砖砌的烤炉旁边，离农舍大门有十几米远。二十多年来，这张花园桌和与之相伴的两把造型简约的红松木椅子一直摆在那里，我不知道它们是如何挺过一次次恶劣天气的袭击的。此刻艳阳高照，空气清新。我拉上夹克衫的拉链，打开龙虾卷的包装，把食物放到桌上。父亲从口袋里拿出一把瑞士军刀，开了两瓶百威啤酒，然后在木椅上坐下。

"干杯！"他说着递给我一瓶啤酒。

我接过酒瓶，坐到他旁边。慢慢咽下第一口啤酒的时候，我看到他眼中闪过一丝不安的光芒。沉默之后还是沉默。他只咬了几口三明治，就又点着了第二支烟。我能感觉到气氛很紧张。我知道，他带我来这儿绝不是为了父子二人一起度过一个安静的下午这么简单。我们甚至都不会去钓鱼，更别提什么勾肩搭背和做意式锡纸烤鲷鱼了。

"我有一些重要的事要和你说。"他终于开口了，一边说一边打开公文包，从里面取出许多叠放整齐的文件。

每份文件上都印着韦克斯勒－德拉米克法律事务所简洁朴素的标志，几十年来他们一直负责维护我们的家族利益。

他深吸了一口烟，继续说道："我决定在走之前把事情都处理好。"

"你要去哪儿？"

他露出一丝淡淡的苦笑。于是我挑明了："你是想说，在去世之前？"

"没错。但你可别高兴得太早，这也不是明天就会发生的事儿，尽管我总有一天会死。"

他眯起眼睛，盯着我看了一会儿，然后直截了当地宣布："很抱歉，亚瑟，不管公司能卖多少钱，你一分都捞不着。而且，你也不会从我的人寿保险或房产里得到任何补偿。"

我无法掩饰自己的惊愕——各种情感在内心涌动，最终惊讶战胜了愤怒。

"如果你带我来这儿就是为了说这些，那真的没必要。我对你的钱不感兴趣，你应该知道……"

他探过头，指给我看摆在桌上的那些文件，好像我刚才说的话他一个字也没听到。

"我已经采取了各种法律手段，确保我的全部遗产都留给你哥哥和姐姐……"

我握紧了拳头。他到底在耍什么把戏？既然他已经残酷地剥夺了我的继承权，为什么又要特意演这么一出？

他又吸了一口烟："你唯一继承的……"

他用脚后跟踩碎了烟头，让这句话的开头在空中飘了几秒。我觉得他正在制造一个危险的悬念。

"你唯一能继承的是二十四风向灯塔。"他向前一指，"这片土地，这栋房子，这座灯塔……"

起风了，刮来一片乌云。我陷入错愕之中，好半天才回过神来。

"我要这栋破房子做什么？"

他张开嘴想要解释，却剧烈地咳嗽起来。看着他咳得上气不接下气的样子，我开始后悔来了这里。

"亚瑟，你要么接受，要么拒绝。"顺过气后，他接着说道，"假如你接受这笔遗产，就要保证遵守两个条件——没有任何商量的余地。"

我神色一变，站了起来，他继续说道："首先，你要保证永远不会变卖这处产业。你听到了吗？永远。这座灯塔应该留在家族里。永远。"

我有点儿恼火："那第二个条件呢？"

他闭上眼睛，过了很久，才长长地叹了口气。

"跟我来。"

我没好气地跟上他的脚步，来到旧时守塔人的住处。这是一座乡间农舍，潮湿的地板散发着霉味。墙上装饰着渔网和上过漆的木舵盘，还有各式各样技艺拙劣的画作，描绘着这里的乡间风景，应该是出自本地艺术家之手。壁炉上放着一盏油灯，旁边是一个被禁锢在玻璃瓶里的帆船模型。

父亲打开通往过道的门——这是一条十几米长的走廊，连接着农舍与灯塔，墙面由上过清漆的木条拼接而成——但接下来他并没有走向通往塔顶的台阶，而是打开了通往地下室的活板门。

"过来！"他命令道，从公文包里拿出一个手电筒。

我弯着腰，尾随他走下一段嘎吱作响的楼梯，进入地下室。

一个长方形房间出现在我眼前。他合上电闸，房间里亮了起来。天花板很低，屋顶盘旋着陈旧的金属管道。墙是用浅红色的砖块砌成的，房间里遍布蜘蛛网，木质的酒桶和箱子堆放在角落里，掩埋在灰尘之中。我还清楚地记得，小时候大人们明令禁止我和哥哥来这里玩耍，但我们还是偷偷来探过一次险。那天，父亲狠狠教训了我们一通，警告说不许再乱跑。

"我们到底要干什么？"

为了回答这个问题，他从衬衣口袋里掏出一根白色粉笔，在墙上画了一个大大的十字。

他指着这个记号说："砖块的后面，就在这个位置，有一扇金属门。"

"一扇门？"

"门后有一条三十年前被我用墙封住的通道。"

我皱起了眉头。

"通向哪里？"

父亲又爆发出一阵咳嗽，成功回避了我的问题。

　　"这就是第二个条件，亚瑟，"他边说边试图调整自己的呼吸，"你永远不能打开这扇门。"

　　这一刻，我感到他真的老了。我还有很多问题想问，但他匆匆结束了我们的对话，转身离开了地下室。

遗产

> 人们无法预知过去。
>
> ——让·格罗斯金

1

海上吹来一阵风。这海风有时清新提神，有时却让人头昏脑涨。

我们回到花园，坐在那张木桌旁。

父亲递给我一支抛光过的旧钢笔。

"亚瑟，两个需要遵守的承诺，我都已经告诉你了。所有东西都写在文件上，你可以接受，也可以拒绝。我给你五分钟时间决定要不要签署这些文件。"

他又开了一瓶啤酒，似乎重新打起了精神。

我久久地注视着他。我从未真正接近他，读懂他，也一直搞不懂他

15

对我的真实想法是什么。尽管如此，我仍尝试去爱他，日复一日，年复一年，甚至不惜一切代价。

弗兰克·科斯特洛不是我的生父。尽管我们从未聊过这件事，但彼此都心知肚明。毫无疑问，在我出生之前他就已经知道了。而我，在我14岁生日的第二天，母亲亲口向我承认，1965年冬天，她曾和我们的家庭医生有过几个月的婚外情。这个男人叫什么阿德里安·朗格卢瓦，在我出生后不久就去了魁北克。我以斯多葛式的冷静态度接受了此事。就像很多家族秘密一样，它一直在暗地里传播着。不过，母亲的坦白也让我感到些许轻松，因为它解释了父亲为什么事事都针对我。

虽然听上去有点儿奇怪，但我从未想过要和生父见面。我把这事藏在心底的某个角落，任凭记忆慢慢流逝，直到将它遗忘。家庭的纽带并非仅仅来自血缘关系，在内心深处，我姓科斯特洛，不姓朗格卢瓦。

"好了，你决定了吗？亚瑟。"他大声说，"这所破房子，你到底是要，还是不要？"

我点了点头。我此刻只期盼一件事，就是用最快的速度结束这场假面舞会，然后回波士顿去。我拔开笔帽，正准备在文件结尾处签名的时候，突然想尝试和他再次交谈："你真应该告诉我更多事情，爸爸。"

"所有你该知道的，我都已经说了！"他有些恼火。

我不会向他低头。

"不可能！如果你还有一丝理智的话，应该很清楚你说的这一切完全站不住脚！"

"我这是在保护你！"他脱口而出。

这话出人意料。吊人胃口，又带着些许真诚。

我看他双手微微颤抖，不禁瞪大了眼睛。

"保护我什么？"

他又点了一支烟，想要平静下来。好像有什么尘封已久的事情正在他内心深处慢慢浮现。

"好吧……我必须向你坦白一些事情。"他用推心置腹的语气说道，"一些我从未向任何人说起过的事情。"

沉默大概持续了一分钟。我从他烟盒里拿了支烟，以便给他一些整理回忆的时间。

"1958 年 12 月，我父亲失踪四年半之后，我接到了一通他打来的电话。"

"你在开玩笑吧？"

他抽完最后一口，把烟头丢到沙砾路上，看上去非常紧张。

"他说他在纽约，想尽快见我一面，叫我别告诉任何人。我们约定第二天在肯尼迪国际机场航站楼的一间酒吧见面。"

弗兰克烦躁不安地按着手指关节。等他重新开口的时候，我注意到他已经把指甲掐进了肉里。

"我永远不会忘记那次重逢。那是圣诞节前的周六，我坐火车去机场找他。因为当时正下着雪，很多航班都延误或取消了。我父亲点了一杯马提尼，坐在那里等我，他看上去筋疲力尽，脸上没有一丝血色。我们紧紧地拥抱在一起。这是我这辈子第一次看到他哭。"

"然后发生了什么？"

"起先，他告诉我他要赶飞机，没有太多时间，然后又解释说当初丢下我们是因为没有其他选择，他说他有一些仇家，但没明确说是什么人。我问到底怎样才能帮到他，他回答说是他自己蹚了这浑水，想脱身只能靠自己。"

我很震惊。

"再然后呢？"

"他让我发誓，要我保证做到以下几件事：不向任何人提起他还活着；绝不出售二十四风向灯塔；永远不会打开灯塔地下室里那扇金属门，并且立刻砌墙把它封起来。没错，他没有正面回答我任何一个问题。我想知道什么时候能再见到他，可他把手搭在我的肩膀上，对我说：'也许明天，也许再也见不到了。'他不许我哭，说我必须坚强，因为他不在了，我就是一家之长。五分钟后，他站起来，喝光最后一口马提尼，叫我离开，去办他交代的那些事情。'这关乎生死，弗兰克。'这是他留下的最后一句话。"

这番迟到的坦白让我惊愕不已。

"那你呢，你做了什么？"

"我完全按照他的指示，做了他要求的所有事情。我回到波士顿，当天晚上就去了灯塔，然后在地下室砌了那面砖墙。"

"你从来没有打开过那扇门吗？"

"从来没有。"

我沉默了一会儿。

"我不信。你就没想过去寻找更多真相吗？"

他摊开胳膊，做了一个无能为力的手势。

"我做出了承诺，亚瑟……还有，如果你非要知道我是怎么想的，那我告诉你——那扇门后面，只有麻烦。"

"你觉得会是什么？"

"为了得到这个答案，我愿意付出任何代价。但我到死都会信守诺言。"

我理了理思绪："等等，有一些事情我还是不太明白。1954 年秋天，苏里文突然消失的那会儿，人们把灯塔翻了个遍，不是吗？"

"是的。翻了个底朝天。最先是你祖母，然后是我，后来是郡里的警长和他的助手们。"

"所以，那时你们打开过那扇门？"

"对。我记得非常清楚，门后是一间地下室，最多十平米，四面的土都很结实。"

"里面没有活板门或秘道？"

"没有，什么都没有。如果有的话我一定会注意到。"

我挠着头。这所有的一切都完全没有逻辑。

"那就现实一点，"我说，"如果是最坏的情况，会在里面发现什么呢？一具尸体？许多具尸体？"

"我自然也这么想过……"

"不管怎样，你在 1958 年就已经封死了那扇门。即使这件事真的与谋杀案有关，也早就过了法律追诉期。"

弗兰克沉默了几秒，然后用干巴巴的声音说道："我想，那扇门后面，有比尸体更恐怖的东西。"

2

天色暗了下来，一阵雷声滚过，几滴雨水打湿了桌上的法律文书。我拿起钢笔，草签了所有页面，然后在最后一页写下我的名字。

"看来钓鱼是泡汤了，"我父亲边说边去躲雨，"我送你回家吧。"

"这里就是我家。"我回答道，递给他签好字的合同副本。

他尴尬地笑了笑，把文件放进公文包里。我默默地把他送到小卡车旁，看着他上了车，坐进驾驶室，插上车钥匙。在他发动汽车之前，我又敲了敲车窗。

"为什么你要我来做这件事？我不是家里的老大，也不是那个跟你最亲的孩子。为什么是我？"

他耸了耸肩，答不出来。

"你想要保护其他人，对不对？你想保护你的亲生孩子！"

"别犯傻了！"他终于发火了。

紧接着，他重重地叹了口气。

"首先，我恨你母亲，因为她欺骗了我。其次，我也恨你。没错，我恨你，只要你还活在这个世界上，我就得时刻面对那个谎言。但是到最后，我恨的是我自己……"

他指着雨幕中灯塔的剪影。暴风雨越来越猛烈，他提高了音量。

"真相就是，我被这个谜团纠缠了将近三十年，而我相信你是唯一一个能够解开它的人。"

"但如果不打开那扇门，又怎么可能办到呢？"

"这个嘛，现在是你的问题了！"他扔下这句话，发动了引擎。

他猛地踩下油门，把车开走了。车轮底下的沙石嘎吱作响，几秒后，小卡车就消失不见了，仿佛被暴风雨吞噬了一般。

3

为了避雨，我赶紧朝农舍跑去。

我从客厅一路走到厨房，想找出哪怕是一丁点儿威士忌或伏特加，可在这座该死的房子里，居然没有一滴酒。我在壁橱里发现了一个古老的意式摩卡咖啡壶，还有一点咖啡粉。我把水烧开，将咖啡粉倒进滤纸，准备给自己冲上一大杯，希望能提提神。几分钟之后，一股美妙的香味飘散开来。这杯意式浓缩咖啡很苦，没有什么泡沫，但它帮我恢复了精力。我待在厨房，坐在漆成白色的木吧台后面。暴雨连着下了整整一小时，在这段时间里，我仔细看了父亲留给我的全部法律文件。那一份份售卖合同的复印件为我重现了这栋建筑的历史。

这座灯塔始建于 1852 年。起初是一间小小的石屋。后来，人们在石屋上面加盖了一个小圆顶，里面放着由十几盏油灯组成的信号灯。再后来，油灯被换成了菲涅耳透镜。19 世纪末，在经历了一次塌方和一次火灾后，这栋建筑彻底损毁了。现在的木质灯塔和旁边的农舍是在 1899 年建造的。十年之后，人们在灯塔上装了一盏更加现代的煤油灯。1925 年，电气化时代到来了。

1947 年，美国政府裁定这座灯塔不再具有战略价值，就把它和另外一些陈旧的军事建筑一起拍卖了。

　　根据我面前这些文件的记载，灯塔的第一任所有者叫马尔科·霍罗维茨，1906 年出生于布鲁克林，1949 年去世。他的遗孀，出生于 1920 年的玛莎，在 1954 年把这座灯塔卖给了我的祖父苏里文·科斯特洛。

　　我算了一下，这位玛莎今年七十一岁了，很可能还活在世上。我拿起一支放在吧台上的笔，画出她当时提供的住址：佛罗里达州，塔拉哈西市，普雷斯顿路 26 号。墙上挂着一部电话，我拿起听筒，接通了问讯台。在塔拉哈西已经没有叫玛莎·霍罗维茨的人了，但接线员在同一个城市找到了一个叫阿比吉尔·霍罗维茨的人。我赶紧让接线员帮忙接通她的电话。

　　阿比吉尔说她是马尔科·霍罗维茨和玛莎·霍罗维茨的女儿。她的母亲还健在，但从 1954 年之后，她改嫁了两次，现在住在加利福尼亚，随现任丈夫姓。当我问起阿比吉尔是否记得二十四风向灯塔的时候，她回答："当然，我父亲失踪的时候我才十二岁。"

　　失踪……我皱起眉头，重新读了一遍手上的文件。

　　"根据这份合同，您父亲是 1949 年去世的，是这样吗？"

　　"我父亲是在那时被宣告死亡的，但他失踪是在那之前两年。"

　　"失踪？怎么回事？"

　　"那是 1947 年年底，我们买下灯塔和小农舍三个月之后的事。我父母很喜欢那个地方，想把它变成我们的私人度假屋。我们当时住在奥尔巴尼，一个周六的早上，我父亲接到了巴恩斯特布尔地方警长的电话，说前一天晚上灯塔附近的一棵树被雷电击中，倒在了电线上，农舍的石棉瓦屋顶也在暴雨中受到了损坏，于是我父亲就开车去了二十四风向灯塔，检查电线和房屋，之后再也没有回来。"

"什么意思？"

"两天后，我们在那栋房子前面发现了父亲停在那里的奥兹莫比尔牌汽车，但是到处都没有他的踪迹。警察把灯塔及其周围仔细搜查了一遍，没能找到一丝线索。母亲仍旧心存希望，一直等着父亲回来，日复一日，直到 1949 年年初，一位法官宣告父亲死亡，并宣布遗产继承程序正式启动。"

我惊讶得合不上嘴。我从来没听说过这段历史！

"您的母亲等了整整五年才把灯塔卖出去？"

"妈妈不想再听任何人说起那栋房子，也从此对那里漠不关心。直到有一天她急需用钱，才把房子委托给了纽约的一家房产代理，并叮嘱他们最好不要去招徕当地客户，因为他们大都知道我父亲失踪的新闻，而且很多人认为这座灯塔会带来厄运……"

"那之后呢，您再也没有听到过您父亲的消息？"

"再也没有。"她坚定地回答。

随后，她加了一句："除了有一次。"

我保持沉默，好让她继续说下去。

"1954 年秋天，纽约发生了一起重大交通事故，就在里士满－希尔火车站和牙买加海湾火车站之间。那是一场真正的人间惨剧：在高峰时段，一列满载乘客的火车撞上了另一列正在进站的火车。这场事故中有九十多人遇难，四百多人受伤，是历史上最严重的铁路灾难之一……"

"但这和您父亲有什么关系呢？"

"其中一列火车上有他一位同事。那人受了伤，但活了下来。事故发生后，他好几次到我们家拜访我母亲，声称父亲当时和他在同一节车厢里，却突然在事故发生时消失了。"

她讲述的时候，我飞快地做着笔记。她父亲和我祖父的遭遇惊人地相似，让我不寒而栗。

"当然，人们没有在这辆火车上发现我父亲的尸体。那时候我还是个十几岁的孩子，这个男人的话让我很困惑。但他讲述这一切的时候语气很肯定。"

阿比吉尔说完了，我立刻向她表示感谢。

挂断电话后，我开始思考——几年之内，两个男人接连遭遇盘旋于此地的诅咒，被灯塔吞噬，无影无踪。

而现在，我成了灯塔唯一的主人。

二十四风向

太阳昔在彼处，而今堕入深渊。

——维克多·雨果

1

冰冷的血液在我体内流淌。

我用毛衣袖子擦掉玻璃上凝结的水汽。现在还不到下午四点，天几乎已经全黑了。雨点从阴郁的天空中落下，不住地敲打着门窗。风在呼啸，它的气息扫过万物。树木被吹弯了脊梁，电线旋转飞舞，窗框颤抖不已。一个金属跷跷板在风雨中嘎吱作响，凄厉地哀号着，像是孩子在哭泣。

壁炉边有一些木柴。我生了火，重新弄了点儿咖啡。接踵而至的真相让我沉浸在困惑中。祖父很有可能不是在缅因州的海岸溺亡，而是抛下妻儿逃跑了。可这是为什么呢？当然，没人敢说自己能够做到绝对理智，不会对谁一见钟情，但这种行为同我听说的苏里文·科斯特洛的个性相去甚远。

他是一位爱尔兰移民的儿子，通过坚苦的劳动，最终实现了自己的美国梦。那年秋天，他为什么会从人间蒸发，并且粗暴地打碎了他赖以生存的一切？在他灵魂深处，究竟藏着什么不可告人的秘密？在1954年秋天到1958年年底这段时间，他又做了什么？最重要的是，是否还有一丁点儿可能——他尚在人间？

突然间，我明确地意识到，这些问题绝不能悬而无解。

2

我冲入雨幕，钻进农舍边上的车库里。一推开门，我就看到一堆锈迹斑斑的旧工具中放着一把崭新的大锤，上面还挂着家得宝[1]的标签。这是一把德式锤子，手柄是原木的，锤头是用一种特殊的铍铜合金浇铸而成。肯定是父亲不久前买回来的，简直就像是刚刚买的……毫无疑问，这是专门为我准备的。

圈套正在收拢。

我顾不得多想，飞快地拿起那把锤子，以及边上的一把旧凿子和一根挖掘杆。我从车库出来，冲进农舍，经由过道跑向地下室。地下室入口处的活板门一直开着。我带着工具走下楼梯，合上闸刀，房间再度亮

---

[1] 美国大型家居建材用品零售商。

了起来。

我还有机会回头。我可以叫一辆出租车把我送去火车站，然后坐上回波士顿的火车。我可以找一家房产代理把二十四风向灯塔租出去，在新英格兰，这种样式的宅子夏天一个月就能租到几千美元。这样我还能获得一笔可观的收入，然后继续之前那种平静的生活。

可那又算是什么生活？

除了工作，我的存在毫无意义。孑然一身，心无所爱。

我眯起眼睛。一幅旧日图景突然在我脑海中闪现。五岁的我抬起满头金发的脑袋望着父亲，他刚刚任由我摔落在卧室的木地板上。我一动不动，愣在那里。

"这辈子，你不能相信任何人，懂了吗，亚瑟？任何人！甚至包括你的亲生父亲！"

这笔遗产是一份有毒的礼物，是老弗兰克为我设下的圈套。我父亲自己没有勇气打开这扇门，打破一个老掉牙的诺言。但在死之前，他希望有一个人能够替他做这件事。

而这个人，就是我。

3

我拭去额头沁出的汗水。高温统治着这间屋子，室内空气稀薄，让人喘不过气来，就像在轮船的锅炉舱里一样。

我卷起袖子，把锤子举过头顶，以便获得最大的冲力，然后狠狠地砸向那个十字的中心。

我眯起眼，躲开四溅的砖头碎块和灰尘，继续砸第二下、第三下。

砸第四下的时候我用了比之前更大的力气，但我失策了——锤子砸裂了天花板上的两根水管。等大股冰冷的水流突然淋到身上时我才反应过来，赶紧打开水表盒，关上阀门，让这场倾盆大雨停下来。

妈的！

冰冷的水流泛着黄色，散发出一股霉味儿。我从头到脚都湿透了。我立刻脱掉衬衫和裤子，理智告诉我现在应该上楼去换身衣服，但房间里的高温和想要知道门后到底隐藏了什么秘密的渴望促使我继续干下去。

我赤裸上身，只穿一条粉色圆点内裤，铆足干劲儿，用锤子疯狂地砸着砖块。父亲的话在我耳边回响："我想，那扇门后面，有比尸体更恐怖的东西。"

用力砸了十几下之后，我感觉到了墙后面的金属板。我又花了一刻钟左右让门板全部暴露出来：这是一扇低矮、狭窄的铁门，已经锈迹斑斑。我抬起胳膊，擦去身上淌下来的汗水，往前凑了凑。门上钉着一块牌，上面刻着一幅风向图。

我见过这幅图。在灯塔四周的石墙上也砌着一模一样的图案，上面标示了远古时代的人们知道的所有风向的名字。

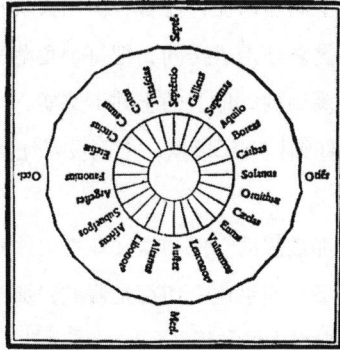

图下面是一段拉丁铭文：

Postquam viginti quattuor venti flaverint, nihil jam erit.

（二十四向风吹过，一切皆空。）

显然——虽然我并不知道具体是什么原因——这个风向图就是灯塔名字的由来。我已经烦躁到极点，试着推开门，可门把手一动不动，像是锈住了。我一用力，门把手被拽了下来。我想到自己带来的那根挖掘杆，于是赶紧把它当成撬棍倾斜着插入门缝，然后用尽全身力气把另一端往下压，直到听见一声干涩的爆裂声。门锁终于屈服了。

4

伴随着剧烈的心跳，我打开手电筒，推开金属门。门重重地刮擦着地面。我拿着手电筒朝里面照去，房间里的情况与父亲描述的没什么差别：不到十平米，地上满是污泥，还有一面用大块石头砌成的墙。血液涌向太阳穴，我小心翼翼地走进房间，把每个角落都照了一遍。第一眼看过去，这个地方空荡荡的。地上的土并不坚实，让人有一种在烂泥里蹚着走的感觉。我又仔细检查了墙壁，上面没有任何字迹。

只是这样吗？

难道弗兰克说的都是假话？他和祖父在肯尼迪机场见面，到底是真实的经历还是他的梦境？如果这一切都是假的，那他为什么要用这座灯塔编造一个只存在于妄想中的神话？

我的脑海中充斥着这些问题。忽然，一阵毫无缘由的风蹿进了房间，强劲而冰冷。我大吃一惊，手电筒啪的一声掉在地上。当我弯腰去捡它的时候，那扇门突然在我面前关上了。

房间立刻陷入了黑暗。我站起来，伸出手想要拽开金属门，但我的身体完全僵住了，好像变成了一尊冰雕。血涌入耳朵，嗡嗡作响。

我大叫一声。

然后，一股气流的噪声像是要把我的耳膜撕裂，让我头晕目眩。就在这时，我感到脚下的地面开始陷落。

CHAPITRE II / 第二章 在那些无法确定的地方

1992 城市之光

那条地狱里的道路啊，铺砌得如此之好，
从不需要任何修缮。

——鲁斯·伦德尔

一股没药和上了清漆的木头散发出的强烈味道。

一股混合了香樟和蜡烛的味道。

一把在我头颅里钻探的风镐。

我试着睁开眼睛，但眼睑好像被缝住了。我躺在一个又硬又冷的地方，脸贴着石头，浑身滚烫，止不住地发抖。我在抽搐，胸口传来一阵疼痛，无法顺畅地呼吸。我喉咙发涩，满嘴都是水泥的味道。有几秒钟，我筋疲力尽，动弹不得。

1

渐渐地，周围的静谧变成了人群激动的喧哗声。我感到一股怒气在发酵。

他们在冲谁发火？

靠着超乎常人的意志力，我站了起来，睁开眼睛。光线很强，我眼前一片模糊。我努力辨识周围的世界。

漫射灯、十字架、许多烛台和蜡烛、铜质的帏盖、大理石祭台。我跌跌撞撞地走了几步。看来我现在正身处一座教堂的祭坛中心，应该是一座天主教大教堂。面前是一百多米长的教堂中殿，两侧排列着巨大的木质雕花长椅。抬头望去，十几扇色彩斑斓的彩绘玻璃窗反射出耀眼的光线，三十多米高的哥特式穹顶让我感到一阵晕眩。

在祭坛对面，管风琴的巨大风箱和密密麻麻的音管顺次排开，上方是巨大的花瓣形天窗，窗上的彩绘玻璃反射出变幻莫测的蓝色。

"快叫警察！"

人群中爆发出一声惊叫。十几双惊慌失措的眼睛正紧盯着我：游客、跪着祈祷的信徒、忏悔室旁候着的神甫。我猛然间明白了那些嘈杂的斥责声来自哪里——因为我几乎赤身裸体，只穿着粉色圆点内裤和一双沾满泥浆的三叶草球鞋。

完了，我在这儿干什么？

我手腕上还戴着祖父的手表。我迅速扫了一眼：17:12。刚刚经历的一切在我周围旋转。我想起了和父亲的对话，想起了我在灯塔里搜寻线索，想起了地下室里被封起来的房间和房间里那让人透不过气的炎热，想起了那扇在我面前突然关上的金属门。

但在这之后又发生了什么？

我的腿受了伤。为了不让自己倒下，我紧紧倚靠着呈放精装版《圣经》的圣经台，顺便擦掉顺着脊背淌下来的冷汗。我必须离开这个地方，越快越好。

太迟了！

"警察！不许动！举起手来！"

两名身穿制服的警察沿着教堂中间的通道跑来。

在把事情搞清楚之前，绝不能让他们抓到我。我打起精神，连滚带爬地冲下大理石台阶，离开了祭坛。刚开始的几步走得特别痛苦。每走一步，我那水晶般脆弱的腿骨都好像要咔嚓一声折断似的。我咬紧牙关，撞开人群，沿着侧面的小礼拜堂朝外跑，一路上撞翻了装饰花、铸铁烛台和许多摆放在书架上的祈祷书。

"喂，说你呢！给我站住！"

我没有回头，在打滑的地板上全速冲刺。又跑了十米，推开面前的第一扇门。成功了，出来了！

我跳下石头台阶，连滚带爬地冲向教堂前的小广场……

2

汽车喇叭和警笛奏起的交响乐撕扯着耳膜，油腻的碎石路面上升起缕缕白烟，飘向灰暗的天空。那里盘旋着一架直升机，发出隆隆的响声。

气氛有些紧张，空气潮湿得令人窒息，好像全世界都扣在一口闷锅里。

重获自由之后，我继续向前跑。这时，一位身材丰满的小个子女警追了上来。我以为自己很快就能甩掉她，但我过于自信了。突然，不知什么原因，我感到两腿发软，喘不过气来。就在我准备过马路的时候，那个女警伺机给我下了个绊儿，然后用她全身的重量把我压在地上。我还没来得及挣扎，一副金属手铐就钳住了我的手腕。

我眼前闪过一连串万花筒般的景象：黄色出租车在玻璃和水泥组成的峡谷中穿行；星条旗迎着风猎猎作响；旧教堂的剪影没入摩天大楼的丛林之中；身材魁伟的阿特拉斯铜像支撑着高耸入云的拱门……

我的脑袋被迫抵着人行道，身体因为恐惧而抖个不停，腹中犹如火烧，一阵阵胃酸腐蚀着食道。当警察在柏油马路上拽我汗津津、赤条条的身体时，我开始思考这个问题——为什么我会出现在纽约第五大道的圣帕特里克大教堂里？

3

20:00 监牢里

我双手捂脸，用大拇指揉着太阳穴。这会儿要是有三片阿司匹林和一剂消炎药就好了。

被捕后，一辆警车把我送到了第 17 辖区——坐落在莱克星顿大街和第 52 街交叉口的一座红褐色堡垒。一到警察局，我就被关进了一间多人牢房，和那些无家可归的流浪汉、社会青年还有毒贩待在一起。

这间地下牢房简直就像桑拿室，没有空调，没有窗户，连一丝流动的空气也没有。冬天在这里肯定会冻僵，夏天会出一身臭汗。我坐在一条紧挨着墙的长凳上，等了三个小时，也没人给我提供任何衣物。在此期间，我只能裸着上半身，穿着粉色圆点内裤，忍受着牢房里的各种议论。

这场噩梦什么时候才能结束？

"裸体出来溜达很兴奋吗？你这个基佬！"

旁边的流浪汉已经烦了我一个小时。他脸色发紫，皮肤粗糙，瘦得像条长满疥疮的狗。为了打发时间，他一边翻来覆去说着下流话，一边挠着浓密的黄色络腮胡，都快挠出血了。在波士顿的急诊室里，每天都有许多像他一样的病人被送进来。他们是些被生活和交通事故击垮的人，是脆弱又富有进攻性的人，是脱离现实的人，是因酒精中毒而昏迷、体温过低或是神经错乱的人。

"你这身打扮，打飞机是不是挺方便的，嗯？娘娘腔？"

他很讨厌，但也让人害怕。我转过头，不去理会他。可他突然站了起来，一把抓住我的胳膊。

"快说，你内裤里是不是藏了酒？你肯定是把酒放进裤衩里了……"

我轻轻推开他。尽管屋里很热，他还是裹着一件厚厚的羊毛大衣，上面的脏东西都结成了块。他跌坐在板凳上，口袋里露出一张折叠的报纸。这个醉鬼嘟囔了几句，然后脸朝墙壁瘫在长椅上。当他又一次开始胡言乱语的时候，我顺手拿走了他的报纸，心烦意乱地打开。这是一份《纽约时报》，头版是：

在总统竞选中

民主党提名大会推举比尔·克林顿

一个为美国发言的新声音

标题下方配了一张大幅照片，这位神气活现的候选人被妻子希拉里和女儿切尔西拥抱着，周围有一大群人簇拥着他们。报纸的日期是 1992 年 7 月 16 日。

我不禁再次用手捂住了脸。

这不可能……

任凭我想破了脑袋，也想不出个所以然——我的记忆还停留在 1991 年 6 月初。我感到沮丧极了。在短短一分钟之内，我就掉进了时空的深渊。心跳越来越快，我试图通过深呼吸来唤醒理智，让自己恢复平静。怎么解释我混乱的记忆？大脑损伤？还是吸毒？

我是医生。尽管神经学并不是我的专业，但我也在多家医院做过充分的实习。我知道，记忆缺失往往都是难解之谜。

显而易见，此时的我得了远事遗忘症：进入灯塔中那个"禁止进入"的房间之后发生的事情，我一点儿都想不起来了。那天之后，肯定有什么东西阻塞了我的大脑。

现在，我在自己的生活中消失了一年多！但是为什么？

我仔细思考了一会儿。以前我见过一些病人，他们在经历了无法忍受的创伤之后不能形成新的记忆——这是人体的一种自我保护机制，防止我们陷入精神错乱。但通常来说，他们的记忆会在几天后重新浮出水面。可是现在，我失去的记忆长达一年多……

妈的……

"亚瑟·科斯特洛？"

一位身着制服的警察在牢房门口叫了我的名字。

"是我。"我起身回答。

他打开铁栅门，抓住我的胳膊把我拽了出来。我们穿过迷宫般的走廊，来到一间审讯室。审讯室有二十平米大小，里头有一面大镜子和一张固定在地板上的大桌子，周围摆着三把不配套的椅子。

我认出了一名警察，就是先前试图拦住我却挨了我一脚的那位。他眉毛上贴着一块纱布，眼睛恶狠狠地瞪着我，像是在说"该死的浑蛋"。我没说话，看了他一眼，想用眼神告诉他"别记仇，伙计"。和他在一起的另一位警察是个拉美女人，头发乌黑，梳着发髻。她递给我一条旧麻布裤子和一件粗糙的灰色棉 T 恤。气氛一瞬间变得有点滑稽。在我穿衣服的时候，她自我介绍是负责审讯的书记官，并警告我别在她面前要花招。

她开始提问，我一一交代了自己的身份、年龄、住址、职业。她说我被指控了好几项罪名：在宗教场所裸露身体、拒绝审问、袭警并致警察受伤。然后，她问我对此是否有异议。见我始终保持沉默，她试着问我是否有精神病史。我以有权不回答这些问题为由要求见律师。

"你请得起律师吗？还是需要给你指定一位？"

"我希望由杰弗里·韦克斯勒律师为我辩护，他人在波士顿。"

女警官没有继续问下去，而是让我在笔录上签字，告诉我明天早上面见法官。然后她叫来一位助理，让他带我去照相室，采集电子指纹并拍照。趁女警官还没有下达把我送回牢房的命令，我请求打个电话。她同意了。

4

尽管不太情愿，我还是决定联系父亲。我担心他会过于激动，但我也知道他是唯一能帮我从这一大堆麻烦中脱身的人。我打给了波利娜——他忠诚的女秘书，也一度是他的情人。接到我的电话，她好像很吃惊，告诉我弗兰克此刻正和他妻子在意大利科莫湖度假。

"怎么回事，波利娜？爸爸从来不休假，更何况是去离家六千公里的地方！"

"哎，你要相信一切都会变的。"她回答，听上去有些局促。

"听着，我没时间和你解释我为什么打电话过来，但是我必须立刻和弗兰克联系上。"

她叹了口气，叫我等一等。不到一分钟，我听到了父亲嘶哑的嗓音：

"妈的，真的是你吗，亚瑟？"

"你好，爸爸。"

"为什么你这一年都不联系我们？我担心死了！"

我简要地向他描述了现在的处境。一句话，不太妙。

"可这段时间你到底去了哪里，看在老天的分上？"

电话那头，父亲气得快说不出话来了。他的声音又低又哑，像是从地下传来的。

"我什么也不知道，随你怎么想吧！我最后的记忆就是你让我签署文件继承灯塔的那天。"

"我们就来聊聊灯塔！我看到你把砖墙给砸了，我警告过你绝对不能这么做！"

40

他这番话彻底激怒了我。

"这不正是你期待的吗！你甚至买好了所有工具……"

他并没有否认。相反，在这股怒气背后，我感到他正焦灼地想知道到底发生了什么。接下去的对话印证了我的预感。

"那么……你在门后面发现了什么？"

"一连串的麻烦。"我想逃避他的问题。

"你到底发现了什么？"他步步紧逼。

"想知道的话，先让你的律师把我从监狱里弄出去。"

他咳嗽了好一会儿才答应下来。

"我马上给杰弗里打电话，他会处理好所有事情的。"

"谢谢。关于灯塔的事情，爸爸，你确定已经把所有你知道的都告诉我了吗？"

"当然！我有什么好瞒着你的？也许我本来就不应该跟你说那么多，因为你根本不听我的话。"

我可不想止步于此。

"我一直在想祖父的事情。"

"什么？你祖父？相信我，我把知道的都告诉你了——以孩子们的生命发誓。"

我扯了扯嘴角。他这辈子都在以孩子们的生命向我母亲发誓，说他从来没有骗过她……

"弗兰克！跟我说实话，浑蛋！"

电话那头传来大声咳痰的声音。突然间，我明白了一件事。波利娜转接电话的速度很快，说明弗兰克并不在意大利，而更可能是因为癌症复发而在某家医院接受治疗。他小心翼翼想要瞒过别人，坚信自己可以再次成功逃脱死亡的魔爪。

"好吧，"他终于让步了，"有件事我没说，也许应该告诉你。"

我果然猜中了。但他接下来的话还是让我感到无比震惊。

"你祖父还在世。"

我不敢相信自己的耳朵。

"你在开玩笑吗？"

"不幸的是，我没有开玩笑。"

"为什么？为什么是不幸？"

电话那头传来一声长叹。

"苏里文还活着，他现在在纽约，被软禁在罗斯福岛上一家精神病院里。"

我还在努力消化这句话的时候，有人拍了下我的后背——那位拉美女警官示意我这通电话不能没完没了地打下去。我做了个手势，告诉她我还需要一分钟。

"你是什么时候知道他还活着的？"

"十三年前。"

"十三年前！"

他再次疲惫地叹了口气。

"1979 年的时候，有天晚上我接到一通从曼哈顿打来的电话，是个负责照看流浪汉的公益组织打来的。他们刚刚在中央车站找到了苏里文。他攻击性很强，而且神志不清，既不知道自己在什么地方，也不知道身处哪个年代。"

"所以是你——他的亲生儿子——把他送去了精神病院？"

"我也很不好受！"弗兰克按捺不住情绪，大声吼道，"他失踪了24年，又生着病，非常暴力，根本没办法控制自己……还一直胡说八道，声称自己谋杀了一个女人……更何况我也不是单凭自己的判断做出这个决定的，有很多精神病鉴定专家给出了各种各样的结论：虐待妄想、精神变态、老年痴呆……"

"但你为什么把这件事像秘密一样藏着掖着？我有知道的权利！你夺走了我的祖父！我本可以去看望他，我可以……"

"尽说废话！你是不会喜欢他当时那个样子的。去看望一个植物人，除了让你难受，还能怎样？"

我不想顺着他的狗屁逻辑再说下去了。

"还有谁知道这件事？妈妈？姐姐？哥哥？"

"只有你妈妈知道这个秘密。你在想什么？我这么做就是为了不让这件事公开。我要保护我的家庭，保护公司……"

"保护形象，对，一直以来你都在保护形象！对你来说，形象永远是第一要务，对吗？"

"我讨厌你，亚瑟！"

我还想继续说下去，但他已经挂了电话。

5

第二天早上 09:00

　　"孩子，你应该听过那句老话：想要树立第一印象，永远不会有第二次机会。"

　　在法庭走廊里等待传讯的时候，杰弗里·韦克斯勒帮我整理好领带。他的女助手拿着一把化妆刷，试图用粉底遮盖我的黑眼圈和惨白的脸色。上法庭前，我们只有几分钟时间商定在法官面前应该采取的策略。不过，杰弗里一直信奉我父亲的理念。他认为，和文字材料相比，外表更加重要。

　　"虽然听上去很不公平，但现实就是这样，"老律师说，"假如你能改变自己的形象，就已经成功了一半。剩下的事就交给我吧。"

　　我还是个孩子的时候就认识杰弗里了。我尊敬他，爱他，尽管我也不知道为什么。不得不说这位经验丰富的律师确实做了好多事。他不仅给我拿了套西服，还把我的钱包、信用卡以及所有证件——身份证、驾驶证、护照都带了过来，以便在法庭上为我提供可信的身份证明。他还成功地让我的案子获得了优先审理权，天知道他是怎么做到的。

　　第一次庭审持续不到十分钟。法官看上去似乎没怎么睡好，他懒洋洋地宣布审讯开始，简明扼要地说明了案情，然后让控辩双方发言。杰弗里立刻开始滔滔不绝地陈述观点。他用一种令人信服的语调熟练地使用着骗人的三段论，证明这一切只不过是场微不足道的误会，并要求撤销所有指控。还没等我们再三恳求，检察官就同意了撤销"在宗教场所裸露身体"这项罪名。不过，在法院和杰弗里进行了最后一轮真刀真枪的较量后，法官拒绝为我袭警的行为重新定性。杰弗里则声称，在这种情况下，我们还是会做无罪辩护。检察官要求我们支付两万美元的保释金，但杰弗里成功地把数字压到了五千。接着，法官让我等候传唤，然后敲了下他的法槌。

"下一个案子！"

6

庭审接近尾声的时候，我突然意识到杰弗里还肩负着把我带回波士顿的任务。他坚持要我和他一起回去，但我希望能单独行动。

"弗兰克会生气的。"他低声抱怨。

"如果这个世界上还有人敢跟他唱反调的话，那就只有你了，对不对？"

他让步了，甚至还从口袋里掏出四张五十美元的钞票给我。

终于自由了！

我走出法院大门，经过几排房子。这会儿已经是早上十点了，空气依旧很清新。城市的喧闹让人感觉十分安心。尽管从昨晚开始就没合过眼，但我此刻却感到如释重负，身体状态似乎也不错——现在的我四肢灵活，呼吸顺畅，头也不痛了，只有肚子饿得咕咕直叫。我进了一家甜甜圈店，给自己点了一大杯咖啡和一个炸饼。然后我重新上路，从派克大道走到麦迪逊大道，再到第五大道。我最近一次来纽约是为了出席一位同事的儿子的葬礼，之后又去了大西洋城。我们当时住在马奎斯万豪酒店，这家酒店有一间美名远扬的高空旋转酒吧，在那儿能够 360 度欣赏曼哈顿街景。我们还在酒店的赫兹租车柜台租过一辆车。

一到时报广场，我就像从前一样感到一阵强烈的反胃。如果说，在夜晚，瀑布般的霓虹灯可以粉饰这座城市的不堪，那么在日光下，这里的肮脏面目就无法掩盖——到处都在上演偷窥秀，色情电影院里充斥着粗鲁的流浪汉、僵尸般的瘾君子和神情倦怠的妓女；几名游客在脏兮兮的纪念品商店里东张西望；有个牙齿掉光的家伙在四处乞讨，脖子上用细绳挂着一块写着"HIV 阳性"的牌子。真是一座位于世界十字路口的奇迹之殿 [1]。

我穿过百老汇大街，走入通往酒店大堂的地下通道，轻而易举地找到了租车柜台。经过一番搜索，工作人员确认我的个人信息仍然保存在他们的系统里。为了节省时间，我接受了他向我推荐的第一辆车——马自达双门纳瓦霍，线条锋利，棱角分明。付款时，我的银行卡仍然有效，这让我感到既意外又宽慰。很快，我就手握方向盘，沿着罗斯福路一路向北，离开了曼哈顿。

为了找回记忆，我必须回到噩梦的起点，回到一切开始的地方——二十四风向灯塔的地下室。

在开往科德角的四小时里，我轮番切换电台频道，不管是新闻播报，还是音乐节目。我要利用这段时间加速学习，弥补我缺席的这一年多的光阴。我推测比尔·克林顿的受欢迎程度，一年前我甚至都没有听说过这个人；还有一个新出道的另类摇滚组合——涅槃乐队，他们的吉他声

---

[1] 时报广场被称为"世界的十字路口"。

占据着各大电台；我还得知今年春天，四名警官袭击了罗德尼·金，却被宣告无罪，然后洛杉矶陷入一片骚乱；当主持人以一首《独自生活》作为节目结尾曲时，我明白了弗雷迪·莫库里刚去世不久；有一个介绍电影的频道，听众在讨论一些我从来没有听说过的片子，比如，《本能》《追梦者》和《不羁的天空》等。

7

下午两点多的时候，我开上了通往二十四风向灯塔的沙石路。远远望去，灯塔的身影有些模糊，却又十分迷人。它牢牢地矗立在岩石之间，侧面的木头墙壁被灿烂的阳光染上了一层绚丽的色彩。抵达目的地后，我下了车，用手挡着眼睛，躲避狂风从远处刮来的灰尘。

我走上通往农舍的石头台阶。房门紧锁，我用肩膀猛地撞开。

十三个月过去了，这里没有任何变化。同样的乡间小屋，同样的凝固在时间里的装饰。那只摩卡咖啡壶还放在厨房的洗碗槽里，旁边是我当时用来喝咖啡的杯子，就连壁炉里的灰烬也一直无人清扫。

我走进那条连接农舍和灯塔的过道。在过道尽头，我打开活板门，走下嘎吱作响的楼梯，来到地下室。

我合上闸刀，灯光照亮了整个地下室。这正是我一年前离开的地方，只是曾经湿热的空气现在变得干燥凉爽。在木桶和箱子旁，我用过的那些工具还放在那儿：锤子、凿子和挖掘杆，上面覆满了蜘蛛网。

坍塌的砖墙后面就是那扇铸铁门。

47

我刚才忘记关上楼梯上头的活板门了。一阵风吹来，门开始晃动，生锈的铰链发出嘎吱嘎吱的声音。我继续向前走，心里却一点儿也不害怕，只希望记忆能涌入我的脑海，好让我明白这一切到底是怎么回事。我重复着和去年相同的动作，用手拭掉了铜牌上的灰尘，那段拉丁语铭文露了出来。它似乎在嘲笑我。

二十四向风吹过，一切皆空。

温度越来越低。这地方果然不那么好客，但我没有屈服。我努力不让自己发抖，推开砖墙后面的铁门，走进那个狭小如牢房的房间。这次，我没拿手电筒。房间浸没在黑暗中。我深深地吸了口气，鼓起勇气想要把门关上。正当我准备拉动门把手的时候，突然刮起一阵大风，抢在我前面把门带上了。我吓了一大跳，感到浑身僵硬，动弹不得。就这样过了几秒，我紧张地等待着接下来要发生的事情。

但是……

什么都没有发生。我的身体没有发抖，我的牙齿没有打战，我的耳朵也没有感到有血流涌入。

8

我走出灯塔，感到既安心又失望。我告诉自己，从今以后，有些事情得先放放了。

我渴望得到答案，但我似乎必须去另一个地方寻找它。也许是问心理诊所，也许该去咨询神经科医生。

越野车一路驶向波士顿。我要回家，但这一个半小时的路程似乎永无止境。我一边开车一边打瞌睡。过度疲劳让我头昏脑涨，上眼皮和下眼皮不停地打架。我筋疲力尽。我想洗个澡，然后一觉睡到自然醒，好好补充一下睡眠。不过，最重要的是，我现在饿得要死。空荡荡的胃里一阵阵绞痛，向饥饿发出严重抗议。

我把车停在汉诺威街上我看到的第一个空位上，然后走向北边的住宅区。我的公寓不知道怎么样了？我不在的时候，谁来喂过我的猫？

回家的路上，我顺道去了食品店，采购了一些食物和必需品：意大利面、香蒜酱、酸奶、洗洁精、几盒伟嘉猫粮……从店里出来的时候，我手里抱着两个大牛皮纸袋。

我走上长满藤萝的台阶，从汉诺威街走到我公寓所在的那块高地。我把两个牛皮纸袋夹在胳膊下面，安静地等着电梯。进电梯间的时候，里面飘来一股橙花的香味，我探过身体，按下了顶楼的按钮。

当电梯门重新关上的时候，我想起了父亲的话。我的目光落在手表表盘上，现在是下午五点。昨天这个时候，我正半裸着在圣帕特里克大教堂里醒来。

二十四小时之前……

二十四这个数字以一种诡异的方式在我脑海中飘荡。首先是二十四风向灯塔，然后是苏里文的失踪，他失踪了有……二十四年。

这个巧合让我感到有些蹊跷，但我没时间细想。突然，我的视线变得模糊，指尖传来细碎的刺痛感，胃里一阵翻江倒海。我整个人都在不停地颤抖，身体变得僵直，好像要失去控制。似乎有几千伏的高压正冲击着我的大脑，快要让它短路了。

　　纸袋从我手中滑落。

　　然后，一声爆炸让我挣脱了时间的枷锁。

1993 苏里文

只要是听起来不可思议的事情，我全都相信。

——奥斯卡·王尔德

一阵灼热的倾盆大雨浇在我身上。

雨点如此强劲，就像有人要把钉子插进我的头皮。周围充满了令人疲倦的湿热水汽，它们不停地盘旋，覆盖在我紧闭的眼睑上。我感到呼吸困难，透不过气来。我站着，但身体似乎完全不受意识控制，处在一种近乎熟睡的状态，双腿止不住地发抖。突然，一声尖叫穿透了我的耳膜。这个声音听上去害怕极了。

我一下子睁开了眼睛。我在……一间浴室的淋浴喷头下面！

1

　　我身边站着一个赤身裸体的年轻女人，浑身都是肥皂和洗发水的泡沫，正张大嘴巴尖叫着，脸部因为惊讶和害怕扭曲变形。我把手搭在她肩膀上，试图让她平静下来。可我还没来得及开口解释，她就狠狠地给了我的鼻子一拳。我踉跄几步，双手捂着脸，想要保护自己。还没喘几口气，第二拳又来了，正中我的胸口。我跌坐在浴池沿上，伸手抓住浴帘，想重新站起来。可地面很滑，我在挣扎的过程中一头撞在洗脸池上。

　　年轻女人一脸惶恐，匆忙逃出了淋浴间。她随手抓起一块浴巾，飞快地跑了出去。

　　我趴在地上，浑身虚脱，恍惚间听到她在向邻居求助。传入耳朵的句子零零散散，并不清晰，但我依稀能够分辨出"强奸犯""在我浴室里""叫警察"之类的字眼。

　　身体和头脑都昏昏沉沉的，动弹不了，连抬手擦掉从眼皮上流下来的水都很费力。而且，我现在鼻子正淌着血，完全喘不上气来，好像刚跑完一场马拉松。

　　意志命令我站起来，四肢却不听使唤。我很清楚自己的处境十分危险——在圣帕特里克大教堂的经历就是前车之鉴。我必须不惜一切代价逃离这个牢笼。我用尽全身力气站起来，快速扫了一眼房间，然后走到一扇玻璃窗前。窗外是一条夹在两幢楼之间的窄巷。我打开窗户，把头伸出去，看到远处有一条宽阔的四车道马路，道路笔直，有些坡度。

　　灵活的黄色出租车，一栋挨着一栋的深棕色砖砌大楼，还有屋顶的雨水池——毫无疑问，我又回到了纽约。

但具体是哪里？

特别是……现在几点？

外面的声音越来越近，我赶紧从窗户翻了出去，上了逃生用的金属楼梯，连滚带爬地下了楼，来到大马路上，然后胡乱选了一个方向，以最快的速度开始逃亡。我看到岔路口立着两个绿白相间的路牌，显示这里是阿姆斯特丹大街和 109 街的交叉口。所以，我现在是在曼哈顿西北部的大学生街区。警笛声越来越响，我惊慌失措地往左边跑去，想要离开大街，逃到一条和它平行的、两边都是灌木的狭窄侧道上。

为了隐藏行踪，我躲进楼与楼之间的缝隙里，紧贴着墙壁，借机恢复体力。衣服湿透了，我用衬衫袖子擦了擦鼻血。看来我穿的还是杰弗里·韦克斯勒留给我的那身衣服。我机械地瞄了一眼手腕上的表。祖父留给我的那块优雅的坦克表上显示的时间是早上九点多。

可是，是哪一天？

我努力理清思路。我最后的记忆是：公寓的电梯间，掉落在地上的购物纸袋，以及和上次在灯塔地下室里一模一样的强烈痉挛……

我打了个喷嚏。今天天气很好，晴空万里，阳光十分温暖。尽管如此，我的牙齿还是在打战。

我需要一身新衣服。

我抬起头，看到头顶上晒着一些衣物。这些衣服都不是我喜欢的类型，但以我目前的处境来看，确实容不得我再挑挑拣拣了。我跳上一只垃圾桶，爬上围墙，努力去够那些衣服。我扯下一条帆布裤子、一件破了的扬基队 T 恤，还有一件牛仔夹克，然后迅速换上。没有一件衣服合身——裤脚在脚踝那里堆着，外套又格外紧身——但至少我现在身上是干的。我从刚刚脱下来的西服口袋里翻出来一些纸币和硬币，然后把湿乎乎的衣服全都扔进了垃圾桶。

我回到大街上，混入来去匆匆的人群中。跟上次一样，我又感到一阵眩晕、反胃，还有头痛。如果我还想开动脑筋想点事情的话，就必须先吃点东西。我看到马路对面有一家餐馆。在去吃饭之前，我往自动售报机里投了两枚 25 美分的硬币，买了份报纸。

第一版最上面的日期映入眼帘，我感到无比惊恐。

今天是 1993 年 9 月 14 日星期二……

2

"先生，您的鸡蛋、吐司和咖啡。"

女服务员把盛食物的盘子放在桌上，冲我微微一笑，然后回到柜台后面。我一边狼吞虎咽地吃着早餐，一边仔细阅读这份《纽约时报》的头版新闻：

> 伊扎克·拉宾和亚西尔·阿拉法特达成和平协议
> 克林顿总统向这份"勇敢的赌注"致敬

文章配着一幅看上去很伟大的照片——在白宫前，比尔·克林顿面带微笑，张开双臂，庆祝另外两位领导人这一历史性的握手。在他右手边是以色列总理，左手边是巴解组织的领导人。

这张照片以及双方的声明让人们看到了两个敌对民族之间和平共处的希望。那么我呢？我到底是身处现实之中，还是在某个四维空间里？

我迅速判断了一下自己的处境。这一次，从我记忆中的最后一天开始算，14个月的时间消失了。无法解释的时间跳跃再次出现了。

见鬼，在我身上到底发生了什么？

我感到小臂和双手在发抖。我很害怕，就像一个坚信床底下藏着鬼怪的小男孩。我意识到自己正在经历一些事情，它们让我的生活彻底偏离了轨道，失去了平衡。

我做了几个深呼吸，让自己平静下来。这是小时候父母教我的。我必须面对这一切，我不能被打倒。但我此刻该去找谁？该向谁求助呢？

没过多久，我心里就有了答案。肯定不能去找爸爸，因为他只会骗我。而另一个人选渐渐浮现在我脑海中。他是唯一一个仍然活在世上并很可能经历过我正在经历的这一切的人——我的祖父，苏里文·科斯特洛。

女服务员在桌子间转了一圈，确保每一位客人的杯子里都续满了咖啡。她从我身边走过时，我向她要了一张纽约市地图，并告诉她我会给她一笔慷慨的小费。

趁着咖啡还热，我连喝了几口，想起父亲对我说过的话。

你祖父还活着。他现在在纽约。他被软禁在罗斯福岛上一家精神病院里。

看着女服务员给我的地图，我在脑海中勾画着东河中间那块狭长的土地——罗斯福岛就夹在曼哈顿和皇后区之间。这座岛大约三千米长，两百米宽，我从来没去过那里。我曾经读过一本古老的侦探小说，里面说岛上有座监狱，应该在很久以前就关闭了。不过或许还在，这都说不准。

我还在寄宿制医科学校读书的时候，隐约听说岛上有两三家医院尚在运营，其中有一家著名的精神病院——布莱克威尔医院。因为这家医院的建筑呈五边形，所以人们都管它叫"五角大楼"。苏里文就被软禁在那里。

　　能够见到祖父，这不仅给了我一个目标，还给了我些许勇气。我应该立刻动身才对。但他们会让我进去吗？理论上说，假如我能证明自己是他的直系亲属，应该就没问题。

　　突然，我想到了一件事。

　　我的钱包！

　　刚才掏旧衣服口袋的时候，我把现金全都拿出来了，却没有拿我的钱包，那里面装着我的身份证件。

　　我陷入了慌乱之中，赶紧付了钱，跑回小巷。垃圾桶还在那儿。我在里面找到了我的西服和长裤，然后迅速里里外外仔细翻了一遍。

　　一无所获。

　　妈的！

　　如果说眼下这个毫无理性可言的处境还存在一丁儿点逻辑的话，那么我的钱包应该就在西服里。我不相信有人会把钱包拿走，因为小偷一般只会拿口袋里的现金。

　　应该是被我弄丢了……

　　我走了几步，重新回到阿姆斯特丹大道，脑子一直在不停地转。

　　应该是落在那间浴室里了……

　　我回到那幢房子前，一个小时之前我刚从这里逃出来。周围很安静，甚至可以说相当冷清。这一带不但没有警察的影子，连人声都听不到。我绕到房子后面，决定碰碰运气。逃生梯已经被重新折叠起来了，但我爬上了一道矮墙，刚好可以够到它。我一路向上，很快就爬到了三楼的窗户外侧。碎玻璃渣已经被清理干净了，一块系着绳子的纸板取代了原先的玻璃。我毫不费力地扯下纸板，打开窗户跳进房间。

没有任何声音，也没有人来"欢迎"我。那个女孩已经拖干净了地上的血迹和水渍。我蹑手蹑脚地走在地砖上，四下都没有钱包的影子。我很失望，然后蹲了下来，在摇摇晃晃的衣柜下面检查了一番，接着又打开了一个白色的木质整理箱，里面堆着各种药品、化妆品、吹风机和化妆包。

就在那里，我发现我的碎纹皮钱包正安然无恙地躺在一层薄薄的灰尘上。应该是我撞到洗手池的时候掉出来的。

我伸手够到钱包，检查之后确认身份证件都在里面，然后如释重负地舒了口气。理智告诉我，得赶紧离开这里，还有很多事情要做。但由于刚刚获得了一次小胜利，安静的房间又为我增添了不少勇气，于是我决定走出浴室，来场冒险。

3

屋里没有人。

这是一间杂乱的小公寓，装修得却很细致。厨房里的小吧台上放着一包拆开的麦片和一瓶酸奶，很显然，女主人出门时太匆忙，忘记把它们放回去了。

我偷吃了点儿麦片，然后把盒子放到架子上，又把酸奶放进冰箱。

还有一件非常重要的事让我决定继续留在这里——我想知道为什么我偏偏在这间公寓里醒来。

我在客厅里东张西望。两个狭窄的置物架上摆满了书。录像机旁放着几摞录像带，有《宋飞正传》和《双峰》，有维姆·文德斯的《得克萨斯的巴黎》、马丁·斯科塞斯的《穷街陋巷》、伊托·斯柯拉的《不凡之日》、路易·马勒的《通往绞刑架的电梯》和《恐怖小商店》，还有很多梅丽尔·斯特里普主演的电影，比如，《苏菲的选择》《法国中尉的女人》《走出非洲》等。

墙上挂着几幅名画复制品，有安迪·沃霍尔、凯斯·哈林和让·米切尔·巴斯奎特。

一张小矮桌上搁着一包薄荷味的香烟和一只印着"I LOVE NY"的打火机。我在沙发上坐下时，弹簧发出嘎吱嘎吱的声音。我点了一支香烟，吐出第一口烟之后，我又想起了那个在浴室里尖叫的年轻女人，当时她的脸上写满了恐惧和惊慌。我们彼此不认识，而我突然出现在她的浴室里，就像《神秘博士》里的场景一样，她肯定非常害怕。

边上传来一声猫叫，我转过头去，看到一只有着圆圆的眼睛和深棕色毛皮的虎皮猫跳上了沙发扶手。它脖子上挂着一个小牌子，我眯起眼睛，认出了上面刻着的名字：雷明顿。

"你好啊，小家伙。"

我想伸手摸一摸它，它却跳向一边，悄无声息地走了。

我站起来，准备去探索公寓里的最后一个房间。这是一间铺着棕色木地板的卧室，里面的家具融合了许多稀奇古怪的元素：一架老式铸铁床、一张现代风格的黑色漆面写字台、一盏来自另一个世纪的水晶吊灯。

床头柜上放着几本《戏报》，上面刊登了一些最新的音乐剧里的场景：《歌剧魅影》里的面具和玫瑰、《猫》里那双狡黠的眼睛、《歌舞线上》里站成一排的演员等等。杂志边上还有几本折了角的小说，其中有《为欧文·米尼祈祷》《宠儿》和《英雄少年历险记》。

墙上贴着一些照片，主角全是这个与我素不相识的女主人。她的穿衣风格似乎非常多变，有时穿着晚礼服，有时又几乎没穿衣服。这些照片有彩色的，也有黑白的，里面的人都梳着相同的发型——头发散开，卷曲的发梢轻轻掠过裸露的双肩。这个女孩看上去不像是个职业模特，但是她肯定正在为某个模特公司准备一本写真集。

工作台上方钉着一张课程表复印件，抬头是茱莉亚音乐学院——是的，就是那所著名的戏剧学校。旁边是一张申请表，上面的名字是伊丽莎白·埃姆斯。这个年轻姑娘今年二十岁，是艺术表演系一年级的学生。

我打开抽屉，肆无忌惮地浏览了所有能拿到的东西：几封写给某个叫戴维的人的情书草稿、伊丽莎白自己的全裸相片——她努力摆出一些高难度姿势，可能是为了引起这个戴维的注意吧。不过很显然，她最后还是决定不寄出这些照片。抽屉里还有一张纸，是她在亡命夜店打工的时间表。那是一家位于东区的酒吧。一块软木板上钉着银行对账单，上面印着一笔令人担忧的透支数额，对账单边上还有好几封房东寄来的房租催缴信。

我又在卧室里溜达了几分钟，漫不经心地浏览着墙上那些照片。其中一张引起了我的注意。那是个下雪天，伊丽莎白坐在中央公园一张木头长椅的椅背上，旁边是一盏路灯。她戴着一顶羊毛帽子，穿着一件对她来说过于肥大的棉衣，脚上是一双翻羊皮靴子。这是所有照片中最不性感的一张，但只有在这张照片中，她露出了微笑。

离开公寓的时候，我摘下了这张照片放进口袋。

4

两小时后

"我让你们俩单独待一会儿，"护士对我说，"按理说，他是不会突然发怒的，但是……好吧，您是医生，应该比我更清楚，这种病人是没有什么规律可言的……"

我站在布莱克威尔医院七楼，祖父的病房外。

离开伊丽莎白·埃姆斯的公寓后，我打了辆出租车来到第二大道和第60街的交叉口。在那里，我买了一张缆车单程票，通过空中索道穿过东河。缆车将我送至罗斯福岛中央的缆车广场，然后，我步行抵达位于这座狭长岛屿最南端的"五角大楼"。其实，布莱克威尔医院的名声一直都不太好。它建于19世纪中期，最初收治的是一些城里人希望隔离的天花病人。后来，这里被改建为精神病院，逐渐染上了这类机构的通病：人员冗余、虐待病人、在法律范围内实施极端精神病实验等。20世纪60年代以来，越来越多的人撰文写书披露这些状况，一部分医院员工被绳之以法。随着时间的推移，布莱克威尔医院的情况渐渐好转，但也没能真正摆脱负面形象。

从刚开始学医时起，我每年都能听到"五角大楼"即将被关闭的消息，

60

但我们必须回归现实："五角大楼"一直屹立不倒。而我此刻正奋力寻找的救赎，恰恰就在这围墙之内。

"我得先提醒您，"护士说，"房间里的紧急呼叫按钮坏了。"

我不想直视他的眼睛。这个护士就像漫画里的双面人一样，脸上有一部分被严重烧伤了。

"所以，一旦出现任何问题，不要犹豫，立刻大声喊叫，"他继续说道，"我们这边效率很低，不能保证一定有人能听到您的声音，但叫声是让那个老家伙害怕的最好方法。"

"你怎么能这么说话！他可是我的祖父！"

"不就开个玩笑吗……"他低声抱怨着，耸了耸肩。

"双面人"打开病房的门，请我进去，又在我身后把门重新锁上。这是一间狭小、简陋的单人病房，里面只有一张铁床、一把瘸腿的塑料椅和一张固定在地板上的桌子。铁床上半躺着一个男人，后背靠着枕头，看上去很神秘。他的胡须泛着银色，花白的头发一直垂到肩上，整个人一动不动，眼神呆滞，仿佛身处另一个时空里。他如雕塑一般静默，似乎沉浸在遥远的白日梦中，又像是一位被精神病药物控制的白发巫师。

"您好，苏里文，"我一边说，一边向他走去，心里有点儿慌乱，"我叫亚瑟·科斯特洛。我们从没见过面，但我是弗兰克的儿子。他是您的儿子，所以，您是我的祖父。"

直接进入话题也没那么可怕……

苏里文像大理石一样纹丝不动，好像没有意识到有人在边上。

"我一直不知道您还活着。"我解释道，然后坐到了床边的椅子上，"我不知道您还活着，也不知道您在这里接受治疗。如果我知道的话，

61

一定会早一点儿来看望您的。"

根据爸爸提供的信息，我飞快地在心里计算着他的年龄。如果没算错的话，苏里文现在七十出头。尽管那张沧桑的脸上刻满了岁月的痕迹，还长着快要吞没他半边脸的胡子，我依然能够想象出他的模样。规则的脸形，高耸的额头，挺立的鼻子，倔强的下巴。我毫不费力地想起他三十年前的样子，就是我在家庭照片里看到的那样：一位潇洒的企业家，穿着量身定制的西服和笔挺的衬衫，戴着袖扣和费多拉帽。有一张照片尤其让我记忆深刻：他叼着一根雪茄，把脚搁在麦迪逊大街广告公司办公室的桌子上。但那是另一个时代，那是另一个人……

我把椅子朝病床挪了挪，试图吸引他的目光。

"我今天来是为了向您寻求帮助。"

他眼睛都没眨一下。

"我继承了您的灯塔，二十四风向灯塔，然后……"

我故意停下来，耐心地等了一会儿，希望他有所反应。但这个反应始终没有出现。

我叹了口气。看来这是个错误的决定。我们对彼此来说都只是陌生人，而苏里文又一直把自己封闭在深深的缄默中，没有任何迹象显示他会在某个时刻从那里走出来。

我站起身，走到窗前，透过栏杆望着棉絮般的云朵向阿斯托里亚那边缓缓飘去。尽管已经是阳光灿烂的季节，病房里依旧冷如寒冰。我清楚地听见水在铁质暖气片里流动的声音，却感受不到一丝热气。

我重新坐下来，打算做最后一次尝试。

"弗兰克告诉我，在您失踪后的第四年，你们曾经见过一面，您让他把地下室的一扇金属门封起来。"

老人还是一动不动，双手交叉放在肚子上，看上去就像一尊坟墓上的雕像。

"我去了地下室。我推倒了那面砖墙，然后……"

突然，苏里文用猫一样的速度伸出手臂，钳住了我的喉咙。

我大吃一惊。他之前麻木嗜睡的表情让我放松了警惕，而此刻，铁一样的手指正紧紧钳着我的喉咙。我无法呼吸，只能盯着他的眼睛。那扇门的故事好像一道电击，他的眼睛突然间异常明亮，闪闪发光，让人心悸。

"你为什么要这么做，小笨蛋？"他在我耳边喘着气说。

我拼命想从他手中挣脱出来，但他却抓得更紧了。一个老人怎么会有这么大的力气？他的手指掐着我的脖子，压迫着我的食道。这个疯子会掐死我的！

"你推开了那扇金属门？你进了那个房间？"

我挣扎着点点头。

我的回答似乎让他感到非常绝望。他放开了我，我捂着脖子，咳嗽了好一会儿。

"您疯了！"我叫道，扶着椅子站了起来。

"也许吧。"他回答，"但是对你来说，孩子，你真的惹上麻烦了。"

接下来，又是一段紧张的沉默。在一分多钟的时间里，我们充满敌意地互瞪着对方。苏里文完全变了个样，他精力充沛，神情凝重，看上去像是一个刚从噩梦中醒来的人，抑或是一位刚刚结束长途旅行的归客。接着，他用锋利的眼神迅速将我从头到脚扫视了一遍。

"你刚才说你叫什么来着？"

"亚瑟。亚瑟·苏里文·科斯特洛。"

我说出中间名的时候，他脸上露出了一丝微笑，还有两个浅浅的酒窝。

"你怎么会有我的手表，亚瑟·苏里文·科斯特洛？"他看到了我手腕上那只坦克表。

"您是要我把它还给您吗？"

他把手搭到我的肩膀上。

"不。相信我，你比我更需要它。"

他从床上站起来，关节咔咔作响。

"所以，你推开了那扇门，然后你想知道你身上发生了什么……"

"对，我有好多问题想要问您。您要……"

他举起一只手，打断了我的话。

"现在是哪一年？"

"您在拿我开玩笑？"

"好吧，我是在开玩笑。今天是 1993 年 9 月 14 日。"

他思考了一会儿，继续问道："你是做什么的，孩子？"

"我是医生，为什么问这个？"

"不为什么。那你在医院里工作？"

听到我肯定的回答后，他脸上闪过一丝奇怪的神色，眼中闪耀着令人费解的光芒。

"你有烟吗？"

"我想这儿禁止吸烟。"我指着烟雾探测器。

"你还没弄明白吗？在这个房间里，没有一样东西能正常使用。"

我叹了口气，从口袋里摸出了打火机，还有那包我从伊丽莎白·埃姆斯家顺手偷来的薄荷味香烟。

"这是什么狗屁香烟？"他有点儿生气，"你认为我是个女人还是怎么的？就没有正常点儿的烟吗？"

还没等我回答，他就骂了几句脏话。但他最终还是点燃了一支，深深地吸了一口。

"你是什么时候打开那扇门的？"他问我，突然变得严肃起来。

"1991 年 6 月。"

"所以，这是你第二次旅行了……你最近一次醒来是几号？"

"今天早上九点。等等，你刚刚为什么说是旅行？"

"孩子，这些问题，你自己应该已经有答案了。但是，你得先帮我做一件事。"。

"什么事？"

"帮我从这个老鼠洞里逃出去。就今天。"

我摇摇头。

"您又在开玩笑吧？首先，这不可能，其次，这也不是我想要的。"我用医生的肯定语气说道，这种语气我驾轻就熟，"苏里文，这个计划太不现实了，以您的身体状况……"

他嘲讽地笑了起来，指着我说："你这样做不是为了我，孩子，是为了你自己。现在，好好听清楚我接下来说的话，因为我们的时间已经不多了。"

他凑近我耳边，给我下了一系列行动指示。每当我想张嘴说话，他都会提高嗓门让我闭嘴。他刚说完，烟雾探测器的警铃响了起来。

几秒钟后，"双面人"出现在病房里。

烟蒂和桌子上的香烟惹怒了他。

"够了，先生，您必须立刻离开！"

5

我坐缆车回到了曼哈顿。

我脑子里乱成一团，装满了沸腾的思绪。苏里文能这么快就提出一个详尽的计划真是让我惊讶不已，但我觉得自己并没有能力帮他逃出来。至少，单凭我一个人是做不到的。我想先从自动取款机里取点儿钱，但这一次，我的卡不能用了。可能是因为我"这两年"都没怎么用过银行卡吧。我清点了一下手头的现金，还剩 75 美元，能买一张去波士顿的火车票，除此之外也干不了别的了。我看了眼手表，上午就快过去了。

我跑步来到佩恩车站，买了一张单程票。时刻表上显示每两小时就有一趟快车，下一班是 13:03。我随着人流走向站台，上了车。

一路上，各种各样的问题不停地钻进脑子里，扰得我心神不宁。

首先，最让我头痛的是，怎么才能终止这个可怕的诅咒，让我回到原来的生活？唯一的解决办法就摆在我面前——苏里文。

那么，第二个问题就关乎良心了：我有没有权利帮助一个病人从精神病院逃跑？一个我完全不了解的人，一个健康状况是未知数的人，一

个已经向我证明有能力实施暴力的人，一个无法被控制的人，一个可能
会对无辜者施暴或做出更糟糕的事情的人。

答案很清楚，我没有这个权利。

第三个问题：我有其他选择吗？

这个问题的答案也很清楚……

6

波士顿南站 16:40

到站后，我飞快地跳下列车，全速朝金融区跑去。没时间了，市中
心任何一家银行都不会在下午五点之后营业。

我的银行卡开户行位于法尼尔厅边上一幢现代建筑的底楼，保安刚
把门锁上。我对着一扇玻璃门高声叫着，在门上猛敲了三下，保安转过身，
不快地看着我。我敲了敲腕上的手表，告诉他现在是下午四点五十九分。
他摇摇头，嘲弄地抬了抬下巴示意我看墙上的电子钟，上面显示的时间
是五点零一分。

我叹了口气，有些愤怒，一拳打在玻璃门上。保安被激怒了，但
犹豫着没敢从工位里出来。他十分谨慎，最后叫来了他的领导。真是
运气好，出来见我的人居然是皮特·兰治，我们家的账户和储蓄一直
都是他在管理。他认出了我，亲自过来开了门："啊，亲爱的亚瑟，
好久不见！"

"我去欧洲旅行了，"我撒了谎，"今天恐怕要让您晚一点儿下班了，我有急事需要您帮忙。"

"请进，请进。"

我向他道谢。他这种谄媚的态度并不是我的幻觉，因为我父亲是他的客户。兰治带我走进他的办公室，我向他解释说银行卡被停用了，然后询问我目前的财务状况如何。他在电脑键盘上噼里啪啦敲了一会儿，打印出一份账户流水单。在我"消失"的两年内，我的账户收支一直在变动，不幸的是，全都是出账。房租、保险还有学费贷款都按照预先设定的周期自动支付。由于医院已经停了我那份微薄的薪水，所以银行动用了我的储蓄账户来支付这些花费。那是母亲去世前留给我的一小笔钱，是她生前积攒下来的，一共五万美元，如今只剩九千了。

"这笔钱我想全部取出来。"

"当然可以，"兰治说，"但需要您明天再来办理，并且账户里至少要留一千块。"

我再三坚持，告诉他我今晚就得离开波士顿，无论如何也要取出母亲留给我的这笔钱。我没抱什么希望，但他却听进去了，并设法为我办成了这件事。半小时后，我带着八千美元离开了。和他道别的时候，这个蠢货居然对我说了句"节哀顺变"，好像我母亲是上周才去世的。

我有点儿后悔，但没做任何耽搁，立刻叫了一辆出租车，驶向南多切斯特。

7

在马萨诸塞州综合医院，急诊室的实习医生每个月都要参加三次特殊巡诊：他们会把医疗车停在波士顿条件最差的街区，希望能让所有人都得到免费治疗。从理论上来说，这是一个美好的愿望。但现实是，这通常会变成一场噩梦。医疗车经常会变成碎石块的攻击目标，因为黑帮成员认为我们妨碍了他们的生意。我们一次次被瞄准，被袭击，被抢劫，医护人员甚至需要发动工会来协助救治。尽管如此，市政当局还是支持这一项目，并且把它列入志愿者服务项目库。在我参加活动的那几个月，好几次都是我自己开车。首先，我需要去市郊的某个地方取车——但与其说那是车库，还不如说是寄存站。

当我走进菲茨帕特里克汽车修理中心时，心里想的就是那个年代，那个离我如此遥远又如此贴近的年代。这是全市最大的修理厂之一，擅长维修殡仪车、学校巴士和救护车。

巨大的厂房里弥漫着泥土、柴油和橡胶的味道。我刚走进去，一只凶猛的白色小狗就冲了过来，扯开喉咙大吼大叫。

我很怕狗，这只牛头梗让我的心脏怦怦乱跳，而它似乎也觉察到了这一点，叫得越发凶狠。我故作镇定，假装没看见它，径直向车库负责人走去。

"你好，丹尼。"

"你好啊，小个子，好久不见。你总害怕我的佐丽娅，但她可是个可爱的乖乖女。"

一米九高的肥硕身体紧紧包裹在一件伐木工人的衬衫和一条肮脏的

背带裤里，丹尼·菲茨帕特里克看上去比他的狗还要可怕。所有人都在背后管他叫赫特人贾巴[1]，但是没有谁敢当面这么叫他。

"康拉德让我来取一辆救护车，今晚要用。"我对丹尼说，好像昨晚才见过面似的。

"真的吗？我没收到任何通知。"

"康拉德会给你发传真的，"我一字一句地回答道，"你知道的，他们总是最后一分钟才行动。我们今晚要去麻台本和罗克斯伯里的中心地区，可能有一两个病人要转送。我们想要一辆轻便点儿的车，你店里有吗？"

"我有一辆福特 E 系列。"他扬起下巴，示意我看边上的一辆救护车，"但是……"

我走向那辆改装过的救护车。

"这辆车正合适。别担心传真的事儿，你收到之后替我签下字好了，跟以前的流程一样。"

就在这时，丹尼那满是横肉的身体挡住了我的去路。

"等等，冒失鬼。你说我会收到康拉德的传真？"

"怎么了？"

"他六个月前就不在医院工作了。"

我装作生气的样子，决定冒险赌一把。

"听着，丹尼，你觉得干这种活儿我会很高兴吗？我已经两年多没干过这活儿了，你也肯定能收到医院的传真。不然我要这辆该死的救护

---

[1] 电影《星球大战》中的角色，像一个没有腿、浑身涂满稀泥的大鼻涕虫。

车做什么？它又不适合运毒。"

丹尼·菲茨帕特里克挠了挠头。我必须斩钉截铁，不给他留太多思考时间。最好能向他承诺一件什么事。这时，我脑海里闪过一条刚在报纸上看到的新闻。

"这周六红袜队和扬基队有场比赛，来我家一起看吧！我知道你对维罗尼卡有意思。她和她的朋友们都会来，有奥莉维亚和帕特里西亚，就是那个急诊科的红头发小姑娘。这些女孩喝了酒之后就没那么矜持了，嘿，你知道我是什么意思。"

我在心里向维罗尼卡说了声抱歉，同时告诉她我这样做真的不是为了好玩，而是有足够的理由……

"周六没问题，"丹尼同意了，把钥匙递给我，"你现在住哪儿？"

五分钟后，我开着救护车离开了车库。

我穿过多切斯特大道，想一路开回纽约。这片街区很大，离市中心有一定距离，方圆几公里内排列着红砂墙楼房、荒废的工业园以及粗糙的篱笆。这就是我爱的那个波士顿——那个会聚了各色人等的大熔炉，那个用铁栅栏围成篮球场的地方，那个还保留着许多旧式商店的城市。

路口的红灯亮了，我停下车，打开收音机，电台正在播 R.E.M. 乐队的歌曲。我从没听说过这支乐队，却能立马跟着音乐吹起口哨。尽管一切尚未就绪，但我的行动计划已经在一点一点成形。收音机里的音乐已经切换到下一首歌了，红灯还没有变绿。我有些不耐烦，开始观察四周。左边有一块画满涂鸦的指示牌，三个巨大的字母 Z 被涂成红色，都快把指示牌上的地名——福里斯特希尔斯公墓——给遮起来了，如同一道驱魔的符咒。我知道这个地方，我母亲和祖母就葬在这里。

交通灯变绿了，我没有动，后面的车在拼命地按喇叭。

"节哀顺变。"

我的心在一瞬间被沉重的真相击中。兰治的那句话和我母亲没有一点儿关系。

他说的是我父亲。

8

这座公墓方圆一百多公顷，却更像一座英式花园，而非举行葬礼之地。我把车放在停车场，走上一条蜿蜒小径，周围安静如幽谷，点缀着大理石喷泉、礼拜堂和优雅轻盈的塑像。

母亲的葬礼过后我就再也没有来过这里，那还是 1984 年一个飘雨的阴郁夏日。如今，这个地方变了很多。但翻过小山谷后，我很快就认出了那个哥特风格的湖泊，山顶的岩石静静地俯视着它。

我沿着一条两边是石头矮墙的林间小路继续前行。此时是下午六点，太阳正缓缓滑落，给周遭的景物覆上了一层美丽的光辉。几位游客在茂盛的草地上打坐、冥想，享受这美好的时光。一阵微风吹过，灌木花丛摇曳起来。

我走在古树旁，脚下是坟冢间的石子小路。这一次，我任由忧郁的情绪淹没自己，直到看见父亲的墓碑。

弗兰克·科斯特洛

1942 年 1 月 2 日

1993 年 9 月 6 日

曾经我与你们一样立于人世

你们也将如我一般长眠于此

父亲上周去世，按照推算，应该是三四天前下葬的。

我感到一阵强烈的痛苦。不是因为他本人，而是因为那些我们没能一起度过的时光。我试图回忆某个幸福的时刻，却什么也想不起来，这让我更加悲伤。直到现在，我依旧渴望他的爱。我想起他突然出现在我家的那个周六，想起他跟我套近乎的样子、一起钓鲷鱼的约定、那个属于我们父子的下午……为了让我走进他的圈套，他费尽心思把我拽到灯塔那儿，甚至不惜打感情牌。我真是太傻了，才会掉进这个陷阱。

我们最后一次说话是一年前，而且还是在电话里。他留给我的最后一句话是："我讨厌你，亚瑟！"

我讨厌你，亚瑟！

这真是对我们之间的关系最好的总结。

我擦掉脸颊上的泪水，不禁问自己是否某一天也会有个孩子。但鉴于我目前这种不稳定的状况，这事看上去不切实际。我试着想象带孩子打棒球或去学校接孩子的场景，可脑海中没有出现任何画面。这没什么奇怪的，因为我满脑子都是阴暗的想法，没有能力付出足够的爱。

我走到大理石墓碑旁，又读了一遍他的墓志铭。我笑了。

不，弗兰克，我永远不会成为你这样的人。看看我被你害成了什么样……

73

风中隐约传来一阵我熟悉的、傲慢的笑声，然后是他自命不凡的话："我告诉过你了，亚瑟。不要相信任何人，包括你的亲生父亲……"

不幸的是，他没说错。这个浑蛋曾经警告过我，但我当时自认为比他聪明，决定推开那扇该死的门……

突然间，我怒火中烧，对着空气大声吼道："我不需要你，弗兰克！我从来没有需要过你！这一次，我也会自己走出来！"

我张开双臂，尽力感受脸上温暖的阳光。然后，我以挑衅者的姿态留给父亲一句话："看到了吗，我还活着，而你已经死了。你再也不能反对我做任何事了。"

但就像一直以来的那样，他总是能轻而易举地说出最后陈词："你确定吗，亚瑟？"

9

23:58

到达纽约已是午夜。路过博伊尔斯顿街的 Gap 门店时，我下车给自己买了些合身的衣服：一条斜纹布长裤、一件白衬衣和一件帆布夹克。这可不是为了卖弄风情——我得让自己看上去有些魅力，才能保证计划顺利展开。

我把救护车停在东村第三街和第二大道之间的一条小巷里，然后来到圣马可广场，也就是八街。

到了夜晚，这里可算不上曼哈顿最安静的地方。

空气中有一股躁动不安的气息。铺满垃圾的人行道，年久失修的建筑，破败不堪的赭石色楼梯——流浪汉占领了每个角落，那些萎靡的躯体一动不动，双眼紧闭。

路旁的绿化带里随处可见用过的注射器和安全套，唱片店和文身店门口摆放着做工拙劣的淫秽雕像。到处都是毒品的影子，分管不同区域的毒贩子在人们眼皮底下售卖可卡因、海洛因和药丸。在这一片游荡的大多是些奇奇怪怪的人——老朋克、嬉皮士，还有一只脚已经踏进坟墓的瘾君子。他们先来这里转悠一番，再回家吸毒，或是去周围的夜店狂欢。

正是因为有这些地方，纽约才真正是一座"万事皆有可能"的城市。

尤其是最坏的事情。

00:16

亡命夜店位于八街和 A 大道的交叉口。我在门口停下脚步，希望能找到伊丽莎白·埃姆斯。

这里人头攒动，整个空间都浸没在热浪中。酒精肆意流淌，过道里的人们摩肩接踵，头发被汗水湿透，吉他和贝斯的二重奏糟蹋着范·莫里森的一首曲子。不过，真正的秀场在吧台后面。女招待们穿着紧身牛仔裤和深 V 无袖衫，头戴宽檐帽，像玩杂耍一样抛接酒瓶，挑逗顾客，让他们从腰包里掏出更多的钱。她们甚至轮流爬上吧台，卖弄放荡的舞姿。毫无疑问，想要在亡命夜店工作，拥有 95C 的胸围比知道怎样调制一杯玛格丽特或台克利更有用。

我在吧台上玩着骰子，向一位肉感的红发女郎点了杯杰克丹尼，她身上的彩色文身一直延伸到胸部。在这些吧台女郎中，她看上去年纪最大，身材最丰腴，圆形发髻高高地盘在头顶，让我联想起图卢兹·罗特列克的一幅画——《走进红磨坊的贪食者》。

"晚上好，您知道伊丽莎白今晚在这儿吗？"

"在吧台那边，亲爱的。不过，对丽莎这样的女孩儿来说，你看上去真是太斯文了……"

"谢谢！"

我眯起眼睛，看到了那个我要找的人。

"丽莎！"

我向她挥了挥手，就像老朋友一样。我几乎可以肯定她认不出我。但愿如此。今天早上我们那场偷偷摸摸的约会只持续了几秒钟而已，更何况挨了她那一拳之后我立马就用手捂住了脸。

女孩皱起了眉头，警惕地向我走来。也许她记得我……我有些忐忑，于是先开口说话。

"晚上好，你就是在茱莉亚学院上学的那位？"

听我提到学校的名字，她似乎稍微放松了一点儿。这一刻，她不仅是一名外表出众的酒吧女招待，也是一所享有盛名的表演艺术学校的女学生。

"我们认识吗？"

我摇了摇头，露出我认为最迷人的笑容。

"不认识，但有人建议我来看看你。"

"是谁，戴维？"

　　我记起这是她情书里那个男人的名字。我犹豫了一下，决定将错就错。

　　"没错。戴维告诉我，你是个挺不错的演员。正巧我有一个角色要给你。"

　　她耸了耸肩。

　　"别花言巧语了……"

　　她现在应该觉得既好奇又不可思议，之前一定有很多人对她说过这种话。

　　"等等，我没开玩笑！"

　　"今天客人很多，我得回去工作了。"

　　我不让她走："我真的有个角色要给你。"

　　她抬头看着天花板，问道："哪种角色？"

　　"有些特殊的角色。"我说。

　　"算了吧，我不拍色情片。"她叹了口气。

　　"根本不是那么回事！这个角色得穿不少衣服！是演一个护士。"

　　"和病人上床的护士？"

　　音乐声很大。我们扯着嗓子喊才能让彼此听清楚。

　　"不是！"

　　"那就是和医生上床？"

　　"不，这个角色不用和任何人上床。你疯了吧，我的天！"

　　"疯的人是你！"

　　"我？"

　　"你们，男人们。"

我摇着头，装作很生气的样子。她反倒忍不住笑了起来。

"对不起，我今天过得很糟糕。早上有个流氓闯进我家，想在我洗澡的时候侵犯我……好吧，不管怎样，玩得开心点儿。"说完这番话，她转身走了。

我还想留住她，但她已经走到吧台另一边，被客人们团团围住。她灵巧地周旋其间，给那些白天在华尔街上班、晚上来东区放纵的男人续了一轮龙舌兰。

之前那位红发女郎走过来，又给我倒了杯威士忌。

"我跟你说过了，小伙子。丽莎不适合你。"

"我又不想泡她。"

"不是吧，小乖乖！所有男人都想泡丽莎！"

我掏出香烟，她擦着一根火柴，为我点上。

"谢谢你。戴维是谁？她男朋友？"

"是的，他是个画家。"

她撇了撇嘴巴，露出怀疑和厌恶的神情，接着说道："好吧，如果那种人也能叫画家……反正，丽莎着了魔似的爱着他。而那个蠢货痴迷的却是海洛因……"

我立刻想到了丽莎抽屉里那些银行对账单。

"他花的是丽莎的钱，对吧？"

"你怎么知道的？"

我没有回答，而是吐出一口烟。然后，我绕过吧台，试图再次引起丽莎的注意，但是聚集在吧台周围的人越来越多。

红发女郎已经开始给另一群人倒酒，她走之前给了我一条建议："那个女孩还要在这里待一小时。如果你想和她安安静静地说会儿话，就去达玛托等她。"

"达玛托？"

"一家夜间营业的比萨店，在 10 街和史蒂文森街的转角。"

"您确定她会来？"

她挥了挥手，打断了我的话。

"去那里等她，听我的没错。"

01:36

始于 1931 年

世界一直在变

我们的比萨却始终如一

达玛托的这句座右铭被装在镜框里，挂在柜台上方。他们一直坚持传统的烹饪手法，是市里仅有的几家还在用木柴和火炉烤比萨的店之一。

这家店的装修有些古旧——红白格子桌布、传统意大利风格的椅子、带灯罩的破旧台灯——但气氛却十分温馨。刚踏进店门，一股番茄和罗勒的气味就扑面而来，让人食欲倍增。等人的一个小时里，我吃了一个脆底比萨，还喝了好几杯瓦波利切拉葡萄酒。这地方实在太小，老板娘亲切好客的程度简直比得上监狱——她坚持要求每位客人一吃完就必须离开，不能在店里久留。为了占着座位，我不得不又点了一瓶啤酒。啤酒刚上来，丽莎就进来了，跟老板娘和两位比萨师傅打了声招呼。看得出她是这里的常客。

"你在这儿做什么？"她一看到我就厉声问道，"你在跟踪我？"

"请允许我纠正一下，明明更像是你在跟踪我——我已经在这里坐了一个小时啦。"我想说句俏皮话，缓和一下气氛。

"你觉得自己这样做很聪明吗？"她一边说一边坐到我面前。

她换了身打扮，牛仔短裤里套着连裤袜，斯宾塞式的小外套上别着几个骷髅别针，脚蹬一双铆钉高帮皮鞋，戴着一双镶有白色花边的露指手套，手腕上缠着十几条精致的橡胶手环，脖子上挂着一串带吊坠的念珠，耳朵上还戴了一副十字架耳环。

活生生就是玛丽玻尔时期的麦当娜的翻版。

她点了根汁汽水和香草小面包比萨。我故意保持沉默，想让她先开口。

"我都不知道你叫什么。"

"亚瑟·科斯特洛。我是波士顿的一名急诊科医生。"

"你说的那个角色，是胡诌的吧？"

"恰恰相反，这可是正儿八经的工作。不过，需要你立刻答复我。"

"电影还是话剧？"

"话剧。但只会上演一次。"

"谁写的？"

"现在还没人写。我想请你即兴表演，融入情景当中。"

"你在拿我开涮吧？"

"我猜你们表演艺术学校应该教过即兴表演。"

她摇了摇头。

"我喜欢的是措辞优美的文字，精心打造的对白，出自大家之手的遣词造句……一个演员的即兴表演往往平庸不堪。"

"有时候确实如此，但不代表永远都是。有些电影场景就是即兴表演：比如《出租车司机》里罗伯特·德尼罗在镜子前的独白，还有《克莱默夫妇》里吃冰淇淋的那一幕……你一定知道的，达斯汀·霍夫曼警告他儿子时说的那句：'比利，你要是敢把这勺冰淇淋放进嘴里的话……'"

"'……你就有大麻烦了。'这部电影我烂熟于心。不过这一幕并非即兴表演。"

接完这句对白，她紧紧地盯着我的眼睛。她的目光强烈、炙热，让我心中一动。

"我很确定那就是即兴表演。"我说道。

"承认吧，那不是。"她耸了耸肩膀，"我要演什么话剧？"

"生活的话剧。'整个世界就是一场话剧，所有……'"

"'……所有人，男人和女人，只是里面的演员而已'，这我也知道。我每天都要学习剧本。好了，别再绕圈子了，你的计划到底是什么？"

"你说得对，我确实应该坦诚些。事实是，我想帮我的祖父从一家精神病院逃跑。"

她抬起眼睛看着天花板，没有打断我的话。

"你想知道计划，我这就告诉你。明天早上七点整，你穿着护士服和我一起进入布莱克威尔医院。我祖父会假装心脏病发作，然后我们把他弄上担架，抬到一辆救护车上，迅速开车离开。半小时后你就可以拿着酬金，再也不会见到我。"

她顿了几秒钟，喝了口汽水，然后笑出了声。

"你做这些奇怪的事情，就是为了寻求刺激吧？"

我神色凝重地看着她。

"这件事情非常严肃，我的头脑也很清醒。"

她止住笑声，理了理满头金发，然后用一个暗色发圈把头发扎了起来。

"你说的这位祖父是真实存在的？"

我点了点头。

"他的名字是苏里文·科斯特洛。"

"你为什么要帮他逃出来？"

"能让我这样去冒险的，只有一个理由。"

"你觉得他没疯。"她推测道。

"完全正确。"

"但你为什么会选我？我们又不认识。你不能请一位认识的朋友来做这件事吗？"

"我需要一位专业人士。而且，我也没有什么朋友，至少没有这种类型的朋友。"

"这种可以在凌晨三点打电话叫来帮忙处理尸体的朋友？"

这一回是我笑了。

"对不起，我不能帮这个忙。"她边说边咬了一口面包比萨。

我把那个装着八千美元的信封递给她。

"这是我所有的钱了。"我说，心想这是最后一张王牌了。

她打开牛皮纸信封，久久地注视着里面那一沓五十美元的钞票。她的双眸闪闪发光，却不是贪婪。我知道这笔钱对她来说就像一瓶氧气，足够支付好几个月的房租，还能还上那笔透支的钱。她可以少上一点儿夜班，甚至不用在夜店做女招待，不用被那些眼神迷离的醉鬼当成脱衣舞娘。她会有更多时间待在家里，和那只叫雷明顿的猫一起蜷缩在沙发里，手里端一杯伯爵红茶，读读山姆·夏普德的剧本和约翰·欧文的小说。

她犹豫了许久，不时用她疲惫而又闪亮的眼睛看看我。她一定很好奇这个人到底是谁，这张英俊的面容背后是否隐藏着一个魔鬼。作为一个二十岁的女孩，她很年轻，有些逞强，有些自负，但也有些迷茫。在某一瞬间，一点灵光闪过我的脑海，我眼前仿佛出现了一个更成熟、更自信、与我更亲近的伊丽莎白，虽然依旧是一副心事重重的样子。很快，画面变得模糊不清，脑海里的女孩消失了。

"但是，真的太冒险了。"她打破沉默，把信封重新装好，推给我。

"我们不是去抢银行。"

"我已经说过了，这样做太危险。"

"那也比和瘾君子混在一起安全。"

我的回答既粗暴又不合时宜。伊丽莎白生气地瞪着我。

"你以为自己是谁，可以随便评价别人？"

"为了给男朋友买毒品而欠了一屁股债，你又好到哪里去了？"

"你不懂。戴维需要那些东西来作画，他……"

"真是个好借口！我是医生，我现在就可以告诉你，对你的宝贝艺术家来说，最好的事情就是去戒毒。不过话说回来，他为什么能让你这么疯狂？"

"因为我爱他。"她用她所能表现出来的最轻蔑的口吻回答我。

她的眼泪快掉下来了。她控制不住内心的激动，下巴开始颤抖。

"我讨厌你，蠢货！"她大声叫道，把剩下的汽水一股脑泼在我脸上。

她猛地站起来，碰倒了椅子，怒气冲冲地离开了比萨店。

看来我还做不到百发百中。

02:21

当我重新回到八街的时候，救护车的两个后视镜已经被人砸碎了。很明显，这是某个瘾君子干的——他想在车里找些药品或者酒，但他神志不清，又打不开车门，盛怒之下只好把仇恨发泄在后视镜上。这是街头混混的惯用手法。

我开着我的"小赛车"离开了东村，驶向格拉梅西公园、默里山和中城区。去罗斯福岛需要经过皇后区，先在那里兜一个大圈子，然后进入一条通往罗斯福岛大桥的岔路——这是机动车可以通行的唯一路线。凌晨三点，我到了桥边。

我穿过大桥，把救护车停在医院边上一个带围墙的露天停车场里。电台开始播放老式爵士乐，我把车窗摇下来，沉浸在史坦·盖兹颓废的萨克斯音乐中。我点起一支烟，注视着河对岸那些摩天大楼的线条。我还在曼哈顿，那些骚动、嘈杂以及都市的光芒离这儿只有十几米远，却像是在没有边际的远方。

如此遥远，如此接近……

我似乎在这片风景中看到了自己的影子。

此时此刻，我既存在于我的生活之中，又游离于我的生活之外；我既是我自己，又不是我自己。

我把烟蒂扔到柏油路面上，靠着椅背闭上了眼睛，想趁夜里这几小时先睡一会儿。

10

咚！咚！咚！

我哆嗦了一下，睁开眼睛。太阳刚刚升起，最初的几缕阳光洒在我脸上。然后，我看到伊丽莎白·埃姆斯在敲我的车窗。

我不安地看了眼手表。

妈的！06:55。

我打开车门。

"是什么让你决定过来？"

"当然是钱。还能是什么？"她一边回答，一边坐进车子。我发动了汽车。"对了，钱得先付。"

我翻了翻衣服里面的口袋，把信封递给她，与此同时，我在心里诅咒自己这种昏昏欲睡的状态。

"抱歉，我们没时间排练了。"我说着，拧开了警报、旋闪灯和固定在车顶的长条灯。

"对你这种即兴创作的行家来说肯定不是问题。对了，你有戏服吗？"

"东西都放后面了。你能把白大褂和听诊器递给我吗？"

尽管路面坑坑洼洼的，我依旧加速前进，希望在布莱克威尔医院的七楼像预先设计的那样进展顺利。如果苏里文按照计划行动，他此刻应该正在假装心脏病发作。我想象着护士打开病房门，正要开始晨间巡视，然后发现我祖父双手紧紧抓住左胸，好像被一阵剧烈的疼痛击中了。我似乎还看到几分钟以前，苏里文嘴边露出一丝微笑，往脸上洒了些水，假装满头大汗，然后又做了十几个俯卧撑，让体温升高。假如他头脑还清醒的话，这个计划确实可行。看到一个老人如此痛苦，护士肯定会拿起电话叫救护车的。

"救护车到了！"我拉响所有警报，朝停车场大吼一声。

我把救护车停在医院门口，放下担架车的轮子，和"女助手"一起火速冲进大厅。

"七楼病人的急救车！"我大声喊着，推着担架车冲向电梯。

刚好有部电梯到了，我们赶紧冲进去，伊丽莎白按下按钮。趁着电梯上行这段时间，我检查了一遍装备——急救包、心脏除颤器以及血液循环箱。我深吸了一口气，试图缓解电梯里的紧张气氛。

"这件急救医生的小外套真的很适合你，非常……让人兴奋。"

她回敬我竖着的中指。

在刺耳的提示音中，电梯门打开了。

"最里边！"

冲进 712 病房的时候，我看到苏里文正躺在病床上，一名护士守在他床边。他的脸湿乎乎的，还不停地抽搐，右手捂着胸口。

"我们接手！"我一边对着白大褂的女护士说，一边把装备放在一张滚动式的桌子上。

"但……你们是谁？"她嘟囔着。

我还没来得及张嘴，伊丽莎白就接过话茬："海斯医生和阿狄森医生。"

我开始为我的"病人"做基本检查：快速听诊、测脉搏、量血压、贴电极片等。

伊丽莎白看着仪器，用令人信服的语气命令道："是心肌梗死！需要立即把病人转移到西奈山医院！"

我们将苏里文抬上担架车。穿过走廊的时候，我把氧气面罩按在他脸上。女护士和我们一起进了电梯。伊丽莎白突然入戏了，对我叫道："阿狄森，准备静脉注射阿司匹林！"

电梯门开了，我们用最快的速度穿过空无一人的大厅，来到救护车跟前。

最艰难的时刻过去了！

我把苏里文推进车厢。我清楚地看到他在氧气面罩后面咧开了嘴，甚至还竖起了大拇指，似乎在说："做得好，孩子。"

我不禁笑出声，转过身，然后……

11

一记警棍直截了当地打在肚子上，我立刻疼得不能呼吸。第二下正中胸部，把我掀翻在地。

我四肢着地，脑袋陷在泥里，救护车模糊的影像在我眼前晃荡。一定是车厢上的波士顿马萨诸塞州综合医院的标志让保安起了疑心。这时，我背后响起了"双面人"——那个脸部烧伤的护士——的声音：

"小心，格雷格，他不是一个人！"

当他冲过去想拦下救护车的时候，汽车突然启动了。这两个小丑追了五十多米，想阻止它开走，但是在一辆福特 V8 面前，他们这样做无异于螳臂当车。

他们怒气冲冲地回来了。这下我肯定要遭殃了。

"狗娘养的，我看见你的第一眼就不喜欢你。"双面人说着，在我肋下踹了一脚。

"冷静点儿，我们先把他关进禁闭室，再等警察过来。"

他们扯下我的白大褂，抓着衬衫把我拽起来，然后拖进医院。我又回到了那部电梯，但这次是被人押着，一动也不能动，朝地下室的方向下行。

在走廊尽头，我看到了那个被称作"禁闭室"的地方——一间包着软垫的小房间。"双面人"和保安粗暴地把我推了进去。

他们狠狠地拉上房门。现在，我被单独囚禁在这间棺材般的密室里，努力不被幽闭恐惧症击败。

现在怎么办？

想到苏里文已经重获自由，我感到些许宽慰。我有理由坚持下去——我实施了计划，并且获得了成功。

虽然有一点儿小小的误差。

十五分钟后，我听到有零碎的说话声传来。然后，保安用雷鸣般的嗓音吼道："长官，他被关在里面。"

"好的，格雷格。我来处理。"

他们打开门锁的时候，一股浓郁、香甜的橙花味飘进囚房，但我却感到无比恶心。与此同时，我开始心跳加速，一阵突如其来的偏头痛让我的脑袋快要爆炸了。我睁不开眼睛，喘不上气来——又是那种熟悉的感觉。

地面在脚下塌陷，我坠入了虚空之中。

嘎吱嘎吱的开门声从越来越遥远的地方传来，而我已经不在那间禁闭室里了。

"双面人"的最后一句话在空荡荡的房间里回响："妈的，那个浑蛋去哪儿了？"

1994　伊丽莎白

> 爱情是一场没有地图和指南针的探险，
> 小心翼翼反而会让人误入歧途。
> ——罗曼·加里

远处有广播或电视机发出的嘈杂声响，一道雾状的帘幕，一阵浓雾，黑影重重。一种不舒服却又十分熟悉的感觉。眼皮肿胀，好像灌了铅，呼吸困难，以及难以忍受的、近乎濒死的疲倦感。

我睁开眼睛。

我躺在刚打过蜡的木地板上。四周灯光昏暗，温度很高，就像有人把暖气开到了最大，还连着开了好几个小时。我有些害怕，挣扎着站起身。关节发出咔咔声，好像骨头要折断了。我揉揉眼睛，环顾四周。

我在一间光线幽暗的公寓里……这是一间杂乱的复式房，看上去像是画室。房间里放着木架、画着抽象画的布和喷壶，地上凌乱地摆着瓶瓶罐罐，还有一块吃剩的比萨被扔在一张砖砌的矮桌上。

1

书架上，一个带闹铃的收音机显示现在是凌晨三点。我朝落地玻璃窗走去。街上灯火通明，根据窗外的景色判断，这间公寓应该在三楼或四楼，街区风格以战前的砖砌建筑和优雅的铸铁楼房为主，后者配有外部楼梯和精雕细刻的拱廊。我眯起眼睛，发现马路两边有许多画廊。其中一家挂着一块亮闪闪的招牌：美世大街18号。

我现在正身处苏豪区。

客厅里的电视机正在播放CNN实时新闻，遥控器放在沙发上。我四下看了一圈，确认房间里没有人，然后，我拿起遥控器，调高声音，凑到电视前。屏幕上打着红色的大标题"突发新闻"。新闻主角是纳尔逊·曼德拉，他刚被选举为南非共和国总统，正在比勒陀利亚民众面前宣誓。

治愈创伤的时代来临了。

跨越你我之间那条巨大鸿沟的时代来临了。

大发展的时代来临了。

屏幕下方显示着今天的日期：1994年5月10日。我最后的记忆停在1993年9月。所以这一次，我在时间线上跳跃了差不多八个月。

我关掉电视机，突然听到一阵有规律的声响。我转过头，竖起耳朵，分辨出那是一种连续的、水滴落地的声音。我顺着声音穿过一条阴暗的过道，这条过道连接着卧室和浴室。浴室门上钉着一块陶瓷牌子，上面写着：正在洗澡。我推开虚掩的门，发现里面是……

2

我这辈子见过的最恐怖的景象。

微微摇曳的温暖光芒笼罩着房间。二十几支形状各异的蜡烛几乎摆满了整间浴室。在黑白相间的瓷砖地面上，暗红色的血滴连成了一条线，通向一个仿古浴缸。浴缸的支座是铜质的鹰爪样式。

我两腿发抖，缓步走近正在溢水的浴缸。一个年轻女子浸在红色的水中。她一动不动，双眼紧闭，头搁在铁铸的浴缸沿上，两个手腕上各有一道口子。水一直漫到她的鼻孔，头发盖住了脸。她快被淹死了。

妈的！

我用尽最后一点儿力气，把她从水里拉出来，平放在地上，然后用毛巾擦干她身上的水。

我把手指按在她的颈动脉上测了下脉搏，跳动十分微弱——脉象黏滞，这表明失血极其严重。

冷静点儿，亚瑟。

我的心脏剧烈地跳动着，它现在要为两个身体工作。我跪倒在她身边，娴熟而又快速地检查她的意识状态。我和她说话，可她没有任何回应。她的身体对疼痛有反应，但我无法唤醒她。她没有睁开眼睛。格拉斯哥评分 [1]：八分或九分，这意味着她陷入了深度昏迷。

---

[1] 医学上用来判断昏迷程度的计分方式。

快想想该怎么办！

我看了看周围。地板上有两个波本威士忌的瓶子，一个是占边，一个是四玫瑰。我在垃圾桶旁捡到两个塑料药盒，眯起眼睛读标签上的文字：鲁尼斯塔（一种安眠药）和劳拉西泮（一种苯二氮䓬类镇静剂）。

上帝啊……

药瓶是空的，说明她服用的剂量相当可观。这个女孩不是在做戏。再加上这么多波本酒，药酒混合的后果是致命的。

为了减少失血，我把她的两只手臂抬高。她的呼吸十分微弱，血压很低，瞳孔放大，四肢末端已经开始发紫。

我用了几秒钟来整理思路。失血、安眠药、镇静剂、酒精——这杯可怕的鸡尾酒几乎要了她的命，她很快就会失去呼吸，停止心跳。

我站起身，冲进起居室，打电话让 911 派一辆救护车过来。我在厨房的壁橱里找到两块干净的抹布，又在衣橱里找到两条围巾，把它们系在年轻女人的手腕处，用来止血。

系好止血带后，我又为她擦干净了脸。这时，我突然顿住了。

她是伊丽莎白·埃姆斯。

3

医护人员在围着丽莎忙碌，进行针对自杀状况的经典救治程序：双臂肘关节内侧静脉注射、安装电动氧气插管、调整仪器参数、观测心电图，还有注射氟马西尼。

我能预知他们所有的动作，也能猜出他们所做的决定。我心急如焚，想帮忙，却找不到合理的名义，更何况这些家伙本来也跟我一样是行家。在卧室里，我找到一条长裙、一双皮鞋，还有一只精美的人造皮革小包，里面装着伊丽莎白的证件、公寓钥匙、两张二十美元的钞票和一张银行卡。我拿出钥匙和现金，把小包交给其中一位急救人员，好让医院知道她的名字。

"我们必须加快速度！"这位急救人员叫道，"失血非常严重。"

他们把丽莎抬到担架上。我和他们一起走到马路上。

"你们要把她送到哪儿去？"

"贝尔维尤医院。"护士一边回答，一边关上救护车的门。

我看着救护车远去，旁边站着一位邻居老太太。她听到外面的吵闹声，从家里出来看看。

"这是谁的公寓？"我问她，尽管我已经猜到了答案。

"是画家戴维·福克斯租的房子，他因为吸毒过量已经死了好几天了。唉，可怜的小姑娘……"

我把手伸进口袋，摸到了最后一根薄荷味香烟，还有那只印着"I LOVE NY"的打火机。

"您认识丽莎吗？"我点着了烟，问道。

"我经常见到她。要我说，那个男人一直在骗她。她那么善良，每次见到我都会打招呼……为这个男人去死真是一点儿都不值得。"

老太太嘟囔着走开了。

"可怜的孩子，小小年纪就想着自杀，真是不幸！"

我拦了一辆出租车。当车子在我身边停下时，我看到那位老太太拽着裙子，轻轻颤抖着。

"要是能让我多活几年，我情愿付出任何代价……"

4

早上 05:00

我打开丽莎公寓的房门。那只叫雷明顿的虎皮猫像见到救命恩人一样欢迎我。我一踏进走廊，它就扑过来在我腿上蹭来蹭去，同时绝望地喵喵叫着。

"你过得好吗？"我轻轻挠了挠它的脑袋。

我在厨房的壁橱里找到一包炸丸子，给雷明顿盛了一大碗，又给它倒了碟清水。现在，我需要一杯咖啡。但装咖啡粉的铁盒子是空的，冰箱里仅有的一瓶牛奶也已经过期。

吧台上放着几份旧报纸和最近几天的《今日美国》。虽然我还有更重要的事情要做，但我无法抵挡好奇心的驱使，想看看最近有哪些新闻。这段日子有很多人离世：4月5日，科特·柯本自杀；5月1日，埃尔顿·塞纳意外丧生。桌上放着一期《新闻周刊》，封面是一张涅槃乐队的黑白照片，上面写着一个大标题：

自杀：人类为什么要杀死自己？

我把杂志放在一边，开始思考我该做些什么。

首先，我必须找到这个问题的答案：苏里文在哪里？我扫视整间公寓，希望能找到一丝线索。伊丽莎白成功地帮助我祖父逃离了精神病院，那之后的八个月，都发生了什么？她开车把他带去哪里了？他们两人还有联系吗？对此我很担忧。苏里文没有钱，没有地方可以落脚，没有身份证件，据我所知，也没有什么朋友可以投靠。客观来说，最大的可能性是他重新被关进了布莱克威尔医院。他甚至可能会选择死亡。但我很快就打消了这个念头。在心里，我更愿意记住最后一次见到他时他的样子：眼神狡黠，精神活跃，还制订了一个完美的出逃计划，最终重获自由。

我从一个房间走到另一个房间，没有找到任何一点儿跟苏里文有关的痕迹。正打算离开的时候，雷明顿从我两腿之间钻了过去，打算溜进主人的卧室。为了避开它，我被地毯绊了一下，摔倒在地。

真笨……

我扶着旁边的柜子站了起来。就在这时，我看到一样东西——一根带有宝石坠子的银链，挂在一盏旧台灯的金属按钮上。我上次来的时候，这儿没有挂任何首饰。我拾起坠子，端详着上面精细的浮雕，小小的珍珠色半身像镶嵌在蓝色玛瑙底盘上，那是一张少女的脸，精致，优雅。我把坠子翻过来，背面用纤细的字母刻着一段话：

送给伊冯娜

请你记住，我们有两次生命

康纳　1901 年 1 月 12 日

我的心脏狂跳起来——康纳和伊冯娜是我曾祖父母的名字，这件首饰怎么会出现在伊丽莎白的房间里？答案显而易见。

这是苏里文给她的。

我十分激动，打开所有抽屉、衣橱和壁橱。现在我知道该找什么了：伊丽莎白的手包。在画家的复式公寓里，我见过一个小包，是那种出席晚宴用的手包，而非可以装下一半家当的大包。不一会儿，我就找到了一个皮质抽绳旅行包，里面有一盒粉饼、一个化妆包、一把化妆刷、一串钥匙、一副眼镜、一盒口香糖、一支圆珠笔、几片阿司匹林、一个记事本，还有……一本电话通讯录。

我的心怦怦直跳，快速翻看那本通讯录。字母 C 下面什么都没有，但 S 下面写着苏里文的名字，后面是一个以 212 开头的号码，这代表他人在纽约。

我用圆珠笔把号码抄在胳膊上，然后冲进厨房，摘下墙上的电话，拨了这串数字，紧张地等待对方接听。然而，嘟嘟的声音响了十几遍还没人应答，也没有语音信箱提示。

妈的！

夜色将尽，在一片寂静中，我盯着微波炉上的暗绿色液晶屏，上面显示此刻是 05:34。

突然，电话铃响起来，我吓了一跳。

"喂？"我拿起听筒。

"这电话的自动回拨功能倒挺方便。"

"老天！是你吗，苏里文？"

"你已经回来了，孩子？这真他妈是个好消息啊！我没想到你能在

97

夏天之前回来！"

"见鬼，你现在在哪儿？"

"我还能在哪儿？当然在自己家！"

5

出租车停在了祖父告诉我的地址：华盛顿广场后面的一条小巷。这是条死胡同，入口处的大门上钉着一块皮质牌子，上面写着：在过去，麦克道格街住着有钱人家的马夫和家仆。

太阳出来了。稀薄的晨雾犹如细纱，覆盖在碎石路上。我推开大门，走到一幢两层小楼面前，墙是砖红色的，正面有些锈迹。正门的黄铜门环造型优雅，是一只正在咆哮的狮子。我叩响了门环。

"你好啊，小子。"苏里文从门缝里探出头来。

他打开门，我把他从头到脚打量了一番。他的外表发生了惊人的变化：头发非常整洁，显然精心打理过，两边剪得很短，头顶的头发长些，均匀地散开。他的胡子变短了，肯定好好修剪过。尽管是清晨，他还是穿着高领套头衫和优雅的灯芯绒短西服。我惊呆了，那个在布莱克威尔医院昏昏欲睡的老家伙居然变成了一个乡下贵族，看上去比他的实际年龄至少年轻十岁。

"你身上怎么都是血！"他担心地说。

"放心吧，不是我的血。"

"来，快点儿进来，屁股都要冻掉了！"

我有点儿犹豫，任由他把我带进一间温暖而豪华的客厅。里面铺着金黄色地板，摆着一张长沙发和一张台球桌，看上去像是一家英式酒吧。

在房间一侧，一面巨大的镜子悬挂在桃花心木吧台上方，吧台上还摆着一排矮水晶杯和十几瓶不同的威士忌。有一面墙全是开放式书架，上面摆满了皮面精装书。房间里还有一个镶嵌着象牙的木质橱柜，上面放着一台古董电唱机和一些古旧的 33 转黑胶爵士唱片。我看到一些我很喜欢的音乐家的名字：塞隆尼斯·蒙克、约翰·克特兰、迈尔斯·戴维斯、弗兰克·摩根……

"到这儿来。"苏里文站在壁炉跟前，一边招呼我，一边搓着手。壁炉里的木柴噼啪作响，火焰明亮耀眼。"今天你是几点恢复意识的？"

"凌晨三点。"

"这一次是在哪里？"

"在苏豪区一套复式公寓里。"

我简单地告诉他，丽莎企图自杀，然后我怎么救了她。他对这件事深感震惊。有那么几秒钟，他脸色阴沉，眼神飘忽不定。然后，他打起精神，从口袋里拿出一包好彩香烟——弗兰克一生都只抽这个牌子的烟，这和他的死肯定不无关系。

"我相信她会走出来的。"他安慰我说，然后坐到一张兽皮沙发上，"你要冲个澡吗？"

"等等，苏里文，我们到底是在哪儿？"

"我告诉过你了：在我家里。"

"我不信。你怎么可能买得起或是租得起这样一套公寓？你是从精神病院逃出来的，既没钱又没银行账户，也没身份证……"

"但现在我们的确在我家。"他坚定地反驳道，眼睛里闪过一丝狡黠，"我在1954年买了这套公寓。这儿是我的别院，我的秘密花园。我喜欢在工作之余来这里，听听音乐，放松放松，再喝上一杯……"

"'还可以在这儿款待我的情人们，不让妻子知道。'"我接着他的话说道。

在香烟的烟雾之后，我察觉到他在微笑。

"对，我就是这么想的。总而言之，为了保密，我通过非常复杂的程序，用别人的名字购买了这套公寓。虽然在官方文件中雷·麦克米伦才是这里的所有人，但其实一直是我在付钱。他是我年轻时的合伙人。"

"去年从医院逃出来之后，是谁把这里还给你的？"

"你很快就懂了，孩子。"

我现在总算明白了。在20世纪50年代，当苏里文被宣告死亡的时候，人们着手清算了他的遗产，但是，这处位于纽约的房产并不在他的财产之列，成了一条漏网之鱼。

"那你的日常花销怎么解决？"

他好像早就料到我会问这个问题，于是从沙发上起身走到书柜前，像魔术师一样推动其中一个木柜，很快，一只保险箱露了出来。他转动密码盘，打开保险箱，呈现在我面前的是三根中等大小的金条，金光灿灿。

"在所有我可以给你的建议中，这一条最为宝贵。孩子，无论遇到什么，永远都要积谷防饥，为人生路上可能会遭遇的逆境未雨绸缪。"

我的目光被这三根金条粘住了。我问道："但这些金子是从哪里来的？"

祖父的眼睛又开始放光。

"20 世纪 50 年代初，我最大的客户之一为了避税，经常用金条付账。就这样，我一共有了四根。我把它们全都存在这里。去年，我卖掉了其中一根。现在生活成本变高了，真烦人，不是吗？"

我不必回答这个问题。

"所以，你在这里生活了八个月？"

"是的。"

"你每天都做些什么？"

他在一个玻璃烟灰缸里掐灭了烟头。

"当然是等你啊，孩子。"

"为什么要等我？"

他看着我，眼睛眨也不眨，用严肃的语气说道："我知道你迫切地想弄明白自己身上到底发生了什么，我也知道你很害怕。但我有个坏消息要告诉你：真相远比你想象的更糟糕。"

我用眼神回敬他："那么，真相是什么？"

"这是一个复杂的故事，一时半会儿也说不清楚。我当然会告诉你，但是首先，上楼去冲个澡吧，然后换上新衣服。"

"我没有新衣服。"

"楼上有两间卧室。第一间是我的，第二间就当成你的好了。衣橱里有你需要的一切。我不知道你穿什么尺码的衣服，所以我每样都买了两件。"

看到我吃惊的表情，他满意地加了一句："我刚刚说过了，我一直在等你，孩子。"

6

淋浴之后，我感到通体舒畅。我已经连续三天没有洗漱了，也有可能是三年了吧。事实上，我已经没有任何时间观念了。我绞尽脑汁试图理解这些难以解释的事情，但没有从中找到一丝逻辑和理性。

半小时之后，我在厨房里重新见到了祖父。我刮干净了胡子，换上一件马球衫和一套花呢西服，还喷了点儿昂贵的科隆香水，身上散发着淡雅的薰衣草和柠檬的味道。

"你身上的味儿太浓了。"苏里文戏谑道，给我倒了一杯热气腾腾的咖啡。

他还给我准备了一些涂了枫糖浆的煎饼和一杯鲜榨橙汁。尽管神经紧绷，饥饿依旧占了上风——我觉得自己好像一个星期都没吃东西了。我扑向煎饼，开始狼吞虎咽。

"我知道你每次醒来之后都饿得不行，不过你最好还是慢点儿吃，否则会胃疼的。"苏里文提议，好像在和一个六岁孩子说话。

我实在是太饿了，两口就喝光了那杯咖啡。吃饱之后，我让苏里文继续告诉我事情的来龙去脉。

他点点头，在椅子上坐下，长长地呼出一口气。

"要想弄明白你身上到底发生了什么，我们得回到三十年前，也就是1954年。那个时候，我的人生很成功。六年前，我创建了一家广告公司，发展迅速。那是一家紧跟时代潮流的公司，客户遍布全国。我当时快满三十二岁了，每天工作十六个小时，并且，已经得到了一个男人希望拥有的一切：忠诚的妻子、可爱的孩子、漂亮的房子和许多汽车……我拥有一切，却觉得毫无意义。事实上，我时常对这样的生活感到厌恶。没有人可以分享我的成功，没有人和我有默契，没有知己，没有好搭档……"

他显得有点儿紧张，从椅子上站起来，走向坚固的铁灶台，重新倒了杯咖啡。

"那一年，我走上了一条歧路。"他摸着炉灶的边缘，继续说道。"当时我并不懂得能和自己心爱的女人一起生儿育女是一件多么重要的事，而是感到越来越孤单，一有机会我就会逃离家庭。工作日我会来这里消磨时光，而每到周末，我都会去装修一处没花多少钱买来的地产——二十四风向灯塔。"

他喝了一大口咖啡，继续往下说，语气十分郑重："但是在1954年9月18日晚上将近十点的时候，我的整个生活被颠覆了。那天我整个白天都在修补灯塔，已经疲惫不堪，所以决定早早上床睡觉。外面刮着大风，电话根本没法儿用，就像坏天气里经常会遇到的那样。我拿了一瓶啤酒，一边听电台的棒球比赛转播一边吃三明治。突然，体育播报暂停了，插播了一起刚刚发生在纽约的铁路事故的报道。我把音量调高，好收听新闻，因此没有及时听到地下室里的响动。我一直以为我是一个人在家，但当我回过头时，突然看到一个浑身是血的男人躺在客厅正中央。"

苏里文关于火车事故的回忆让我立刻把脑海中的两件事联系在了一起。

"这个男人是不是霍罗维茨，灯塔的第一任主人？"

他看着我，眼神中露出些许惊讶。

"你很聪明。没错，就是霍罗维茨。在她遗孀的律师交给我的众多文件里，我见过他的照片。他变老了，但我还是一眼就认出了他。我向他俯下身，这个可怜的人身上多处受伤：腹部和胸部被穿透了，好像刚从枪林弹雨的战场上回来。我们都很清楚他马上就要死了。他紧紧抓住我，在我耳边低声说道：'门。千万不要推开那扇门。'"

苏里文此刻面色沉重，他回到橡木桌边，坐在我对面。

"我很震惊，跪在霍罗维茨身旁，直到他咽下最后一口气。我被吓呆了，完全不知道刚刚究竟发生了什么。电话被切断了，最理智的做法是开车去巴恩斯特布警察局报告刚才的事情，但是……"

"但是您没有那样做。"

"我没有。因为有一些事情不太对劲。要进入灯塔和房子只有一种方式，那就是通过正门。那天傍晚时我已经把门从里面反锁，窗户也都紧紧关着。所以，霍罗维茨到底是从哪里进来的？为了弄清楚这件事，我顺着血迹一路走到了地下室。血迹把我引到了铁门前，对，就是那扇我们都知道的铁门。当天晚上我感到很不安，所以决定不去招惹门后的恶魔。然后，我把所有血迹都清理干净了……"

我打断了他。

"为什么不去找警察？"

"因为我了解那些家伙。动动脑子吧！至少那个年代的警察是这样的，他们肯定会先入为主，指控我杀死了霍罗维茨。"

"不一定吧，他们应该会展开调查的。"

"怎么调查？这个故事简直就是《黄色房间的秘密》[1] 的翻版：在

---

[1] 法国作家加斯通·勒鲁（Gaston Leroux）的经典密室杀人长篇小说。

门窗紧闭的密室里出现了一具尸体。更糟糕的是，我还有犯罪前科。不久前我受到一项关于税务造假的指控，还有一笔陈年旧账，但那是更早的事了，我十八岁那年在一家酒吧里打过群架。"

"那你接下来做了什么？"

他停顿了一会儿，把指关节捏得噼啪作响。

"官方说法是，霍罗维茨几年前就死了。我静静地等待着，当暴风雨停下的时候，我决定把尸体埋在那幢宅子的地底下。"

7

我吓坏了。

苏里文脸上的神情看上去像是又在头脑中经历了一遍那些场景。

"我花了一早上完美地完成了掩埋尸体的工作。然后，我重新回到灯塔里，想弄明白到底发生了什么。我下到地下室，发现那儿弥漫着一股不太寻常却又无从解释的湿气，因为那天早上，天气已经变得非常寒冷和干燥。我打开那扇金属门，扫视了一遍房间内部。我把那儿当作堆放工具的杂物间，曾经进去过不下十几次。我甚至有过把那里变成一间酒窖的想法。我又朝里走了几步，但里面实在太热了，就像是掉进了一口沸腾的压力锅。我刚要转身出去，这时突然刮起一阵风，铁门砰地关上了。接下去的事情你已经知道了：双腿沉重，呼吸困难，好像掉进了无底洞……"

苏里文再次停下来，沮丧地叹了口气。

"我醒来的时候是在肉库区[1]一幢楼房的屋顶上,旁边是一座水塔。我不知道自己来纽约做什么。雨很大,天气冷得要死,我的肌肉都麻木了,身上没有一丝力气,肺里简直要咳出血来,像是刚跑了场马拉松。我通过逃生梯来到街上,走进一间酒吧避雨。吧台后面的电视机里正在播报当日新闻:已经是 1955 年 12 月了,罗莎·帕克斯事件[2]就发生在那时候。"

"你穿越了一年多的时间……"

他点点头。

"我感到十分沮丧,却又不知所措,你一定也有过这样的感受。我白天在曼哈顿四处游荡,试图理解这一切。我甚至去找了一位紧急心理咨询师,因为我确信自己一定是疯了。二十四小时后,我又一次'蒸发'了。当我再次睁开眼睛时,我正坐在一辆出租车的后座上,旁边的女乘客大声尖叫起来。她面前的报纸是 1956 年 10 月份的。"

我问了那个一直挂在我嘴边的问题:"这种情况持续了多久?"

他盯着我的眼睛。

"二十四年,我的孩子。"

---

[1] 肉库区(Meatpacking District),位于纽约曼哈顿西部。

[2] 1955 年 12 月 1 日,黑人罗莎·帕克斯在一辆公共汽车上就座时,司机要求她给白人让座。帕克斯拒绝了这一要求,之后遭到监禁和罚款。该事件引发了黑人抵制公交车运动,并最终促成最高法院裁决禁止在公交车上实行"黑白隔离"。

8

苏里文站起来，在房间里来回踱步。

"你想知道真相？好吧，这就是真相：一旦推开那扇门，你就走进了一座地狱般的迷宫，你会用二十四天过完你生命中的二十四年。"

这突如其来的一番话说得我有些发愣，不敢确信自己是否听明白了他想表达的意思。

"你是说，从现在开始，我的生命被压缩了，每一年都只能经历一天？"

"你已经完全明白了。并且，这样的状态会持续二十四年。"

我无法理清头脑里飞旋的情绪。二十四年……

"你亲身经历了这一切？"

"没错，孩子。从1955年到1979年，通过二十四次'旅行'——姑且这么叫吧——我穿越了将尽四分之一个世纪。这就是灯塔的诅咒，也是现在正发生在你身上的事。你开启了一场旅行，这场旅行会一直把你带到2015年。"

"不，这不可能……"

祖父发出一声长长的叹息，沉默了有一分钟。太阳已经高高升起，照在厨房里的原木橱柜上。他机械地走到桌子跟前，关掉了顶灯。

"这些年来，我一步步弄明白了灯塔的运行规则。最让人感到迷惑的一点是：只要有人在这座'迷宫'里，地下室的那个房间对其他人就不会起作用。别问我为什么，因为我也不知道答案。正是因为这个，当霍罗维茨还在'迷宫'里的时候，我可以随意进入那个房间，没有任何危险。"

"在你旅行的二十四年里……"

"……灯塔显然处在不起作用的状态,现在肯定也是这样,因为你正在穿越时空。"

苏里文从盒子里拿出一支烟,倒着在桌子上敲了敲,让烟丝压实些,然后用忧伤的语调说道:"这是二十四风向灯塔唯一的宽容之处——它每次只能容纳一个人。"

一团蓝色火苗从打火机里喷射而出,在他眼前跃动着,他点燃了香烟。

"经过一次次旅行,我逐渐明白必须竭尽所能让我的家人远离这个陷阱。在我第四次回来的时候,我和弗兰克见了一面,就在肯尼迪机场。他可能跟你说过,是我让他把那扇金属门封起来的。"

我默认了,然后问他:"后来又发生了什么?"

苏里文显然预料到我会这么问。我看到他撇了撇嘴,立刻明白了他一点儿都不想回答这个问题。他从椅子上站起来,打开一扇玻璃门,走上开满鲜花、阳光照耀的小阳台。

他站在毛茛和天竺葵中间抽完了那支烟。

"二十四次旅行之后发生了什么,苏里文?"

他把烟头按灭在一个花盆里。

"我们还有时间继续聊所有这些事情。现在,我想你应该去打听一下丽莎的消息。"

我没有坚持。也许我不再希望由他来告诉我答案……

"您和我一起去吗?她在贝尔维尤医院。"

"你先走吧，我过一会儿去找你。"

9

我走出屋子，大门在我身后缓缓关上。假如那位护士说的没错，丽莎是被送去了贝尔维尤医院，那我可以很方便地步行过去。我走上第五大道，一直走到熨斗大厦，然后拐向东河方向。三十分钟后，我就到了这座城市最古老的医院雄伟的正门前。

探病时间从十一点开始，但我是名急诊医生，自然知道怎样绕过保安。在接待处，我自称是伊丽莎白·埃姆斯的哥哥，装出一副心神不宁的样子解释说自己刚下飞机，极其担心妹妹的状况。没花多少力气，他们就让我上了楼。我扫视了一遍走廊，找到一位刚刚上岗的实习医生，自我介绍说是一位来自马萨诸塞州综合医院的同行。在聊天过程中，我发现我们年纪相仿，而且都曾在芝加哥的西北纪念医院实习过。他亲自把我领到伊丽莎白的病房，谨慎地向我说明了她的身体状况。

"我们收治她之后，把她安置在重症监护室。我们首先进行伤口缝合，然后给她接上呼吸机。之后，你也知道是怎么一回事：氟马西尼会快速抵制苯并二氮的作用，但酒精和失血会让情况变复杂，并且会延长意识恢复的时间。我还要在这里值三十个小时的班，你如果有问题，尽管来找我。"

我向他道谢，关上了病房的门。

房间浸没在明亮的光线中，丽莎的脸浮现在水蓝色床单上。她苍白的脸庞一动不动，盖着一块半透明的纱布，嘴唇还有些发紫，被几缕缠绕着的发丝盖住了半边。

在职业习惯的驱使下，我下意识地检查了她手臂上的静脉滴注、电极贴片、心脏监视器以及床尾挂着的健康综合表。

接着，我拉过一张椅子，坐到她旁边。

在这间病房里，我觉得自己的存在有些不同寻常：有点儿像护工，又有点儿像守护天使。同时，这里让我感到自己身处一只茧中，它给了我急需的保护罩，让我能够在里面好好休息一会儿，恢复体力。

我精疲力竭。不论是身体上还是精神上，我都几近崩溃。最重要的是，我很害怕。我一无所有，手无缚鸡之力，甚至没有用来自卫的武器。苏里文的解释荒诞不经，但那似乎是唯一站得住脚的说法，我拿不出其他合理的解释来反驳他。我的理智阻止我去相信这一切，但直觉告诉我，这是真的。

我所受的教育要求我所有的决定都应基于理性思考。我从未相信过上帝，总是像逃避瘟疫一样刻意避开那些深奥的、伪科学的虚构作品。但现在，我发现自己成了一个神秘诅咒的囚徒，成了孩提时代电视里那些幻想故事的主角：《外星界限》《神秘博士》《摄魂惊魄》《鬼作秀》……

医生数次前来查房，护士们来来往往，护理病人。在动态心电图机和呼吸机有规律的声响之中，白天的时光一闪而过。

天黑了，我用印着医院名称的信纸给丽莎写了封信。我刚把信塞进信封，就看到一张熟悉的脸出现在病房里。

"苏里文！你怎么这么久才来！"

他没有接我的话。询问了女孩的身体状况之后，他忧伤地对我说：

"我是来和你道别的。"

我疑惑地摇了摇头，笑着说："你是说我会像之前那样再次消失？就在你面前？"

他点了点头。

"我还记得那种感觉。"他说，语气里流露出一种怀旧般的痛苦，"心悸、橙花的味道、慌乱不安的感觉，每当你预感到自己快要消失的时候，都会有那种撕心裂肺的感觉……"

"我们什么时候能再见面？"我问他，试图掩饰声音中的恐惧。

"我不知道。大约要一年以后吧，也可能是八个月，或者十五个月。这是让我最痛苦的事情，我们永远没办法约定见面的时间。"

"我猜你应该想过要控制这种'跳跃'？会想去某个特定的时间，或是见某个特定的人……"

"这是你在科幻小说里读到的吧，不幸的是，现实生活中可不是这样。你记住我的电话号码了吗？"

我给他看了胳膊上那行数字。

"把它记在心里，这样更保险。等你再回来的时候，一有机会就给我打电话。"

他从口袋里拿出那盒好彩香烟时，我制止了他。

"这里不能吸烟，妈的！你以为这是哪里？我们已经不是在1954年了！"

他有些不快，把香烟夹到耳朵后面，问我："对了，你是怎么找到我的？"

我从上衣口袋里掏出那条在丽莎公寓里找到的蓝宝石吊坠项链。

苏里文笑了。

"这是我出生那天我父亲送给我母亲的。我回到公寓后找到了它，然后当作礼物送给了小姑娘。"

"你的父母亲深爱着彼此，对吗？"

"他们很幸运，能够如此相爱。"他有些害羞地回答。

我不想在这个话题上继续深入，于是将话题拉回到那个吊坠上。

"这段铭文是什么意思？'请你记住，我们有两次生命'？"

"这是一句古老的谚语，是一位中国智者说的：每个人都有两次生命，当我们意识到生命只有一次的时候，第二次生命就开始了。"

我点点头。

"我给丽莎写了封信。"我把信封递给他，"你可以替我交给她吗？"

"放心吧。"他往窗前走了几步，"你写了些什么？"

当我开口想要回答他时，一阵轻微的痉挛漫过我的身体。刺痛从指尖开始蔓延，我不由得松开了那件首饰。紧接着，我的身体开始抽搐。

在模糊的视线中，我看到苏里文当着我的面撕碎了我刚刚交给他的信封。

"你在做什么？你这个卑鄙的家伙！"

我从椅子上站起来，想要阻止他。但我刚起身，就感觉到双腿无法站稳，好像陷入了流沙中。

"明年再见。"苏里文说着，把香烟放到了嘴边。

我感到脑袋里正在经历一阵电击般的风暴，接着是喘气的声音，大到我耳膜都快要震裂了。

然后，我消失了。

1995 心中的炸弹

> 我想世间残忍之事，并非时光的流逝；
> 而是昔日情愫渐渐消散，就像它们从未存在过。
>
> ——洛朗斯·塔迪厄

短促而富有侵略性的警铃。

一阵抽气的声音打断了单调的转动声。

金属摩擦的声音。

铁轨哐啷哐啷的响声。

我躺在坚硬的地面上，但地面却在晃动。破旧的换气扇搅动着一股潮湿的煤油味。我的牙齿在打战。我感到精神麻木，呼吸也好像凝结了。我浑身灼热，渴得要死。

我已经开始习惯这种感觉了，眼睛干涩，眼皮像是被粘住了。一睁眼就非常痛苦，好像眼睛被灌了沙子和胶水的混合物。视线很模糊。我看到的第一样东西是一根铁杆子，从地面一直延伸到高处。我抓住铁杆，费力地站起来，腰酸背痛。

渐渐地，视线变得清晰。我看到了长椅、涂鸦、移动门。

我是在纽约地铁的一节车厢里。

1

"你是从哪儿冒出来的，蠢货？"

除了一个懒洋洋地躺在椅子上的流浪汉和三个小流氓之外，车厢里再无其他人。那三个流氓分别是黑人、白人和拉丁裔，他们正在喝藏在一只牛皮纸袋里的劣质酒。这些狡猾的流动人口衣着夸张：反戴的鸭舌帽、印花头巾、镶金的牙齿、连帽卫衣、几公斤重的项链、印着 2pac[1] 头像的 T 恤，还有一台巨大的手提收录机，从里面传来一首饶舌歌曲。

"你的手表肯定值钱！他妈的，你倒是说话啊！"

不到两秒，他们就已经扑到我身上。我一直抓着那根金属杆，浑身泛起鸡皮疙瘩，脖子僵硬。我多想躺在床上，盖上三床被子，再来一杯格罗格酒啊。

"外套和钱包！交出来！"

那个拉美裔的家伙最先把手伸到我身上。然而让我意想不到的是，他居然给了我一记羞辱的耳光。

尽管我很虚弱，可我也不想任由他们摆布。我伸手朝他脸上打过去，

---

[1] 2pac（1971—1996），美国说唱歌手。

但动作不够快。一记阴险的拳头砸在我肚子上，然后我又挨了一脚。我喘不上气来，跌倒在地。一只大脚踩在我脖子上，我无法起立，只好忍受他们的暴力：雨点般的拳打脚踢，还有唾沫和辱骂。然后，一把弹簧刀架到了我的喉咙上。泪水在眼眶里打转，肚子剧痛无比，我什么都不能做，只能任由自己被洗劫一空。什么都没了。我的钱包、钱、护照、皮带、外套，还有最重要的，我祖父的那只旧坦克表，都没了。

这场酷刑持续了不到两分钟。列车刚一到站，那三个流氓便跳下车，只留下我和那个流浪汉在车厢里。我觉得自己此刻的状态和那个人没什么两样。

我躺在地上，喘得像条狗，难受得要命，思考着接下来该怎么办。我浑身都疼到了极点，眉毛流着血，上唇磕伤了，双眼肿胀。

这可真算不上是一次好的经历……

列车又驶过一站，我才终于恢复了些许体力，爬起来坐到座位上。我看了一眼车厢里的线路图。我是在所谓的蓝线上，也就是地铁 A 线，它是纽约最长的一条交通线，连接着皇后区和曼哈顿最北端。那三个无赖是在第一百二十五街下的车，地铁刚刚经过的是第一百一十六街。车门再次开启，我跳下车，来到大教堂公园大道站。站台上几乎没有人。我翻过闸机口，走向通往第一百一十街的楼梯。这里和伊丽莎白·埃姆斯的公寓只隔着几排房子，真不错！

外面气温很低，天还黑着。人行道上，一位报纸投递员正在给报纸售卖机加货。我向他打听时间——快六点了——然后我又看了一眼报纸上的日期 1995 年 11 月 5 日。报纸头版的大标题是：

伊扎克·拉宾在参加特拉维夫和平集会时遇刺身亡

我迅速浏览了这篇报道。以色列总理拉宾遭到一名反对《奥斯陆协议》的以色列右翼极端分子的枪击，背部中了两枪，被送往医院，几小时之后宣告死亡。这篇文章对和平进程持悲观态度。

能活着真是太美好了……

2

我先看了信箱上的名字，确认自己没弄错，才敲响了丽莎的家门。

给我开门的这位少女欣喜异常，看上去像是变了个人。我离开的时候，她还在昏迷中，躺在医院的病床上，奄奄一息。而现在，她看上去快乐、清新、容光焕发。她手里拿着牙刷，穿着男式衬衫和式样简单的拳击短裤，优美的双腿几乎全露在外面。

"见到你真是太好啦！"她把我迎了进去，好像多年的老朋友一般。

公寓里飘着一股咖啡的味道。

"你被人打了！"注意到我浮肿的脸，她叫了起来。

"我在地铁上被人打了一顿。三个家伙把我抢了个精光。"

"天哪！跟我来，我先帮你消毒。"

我跟着她走进浴室，雷明顿也跟了进来，在我腿上来回蹭着。

她用一块酒精棉擦掉我额头上的血迹。当她扮演护士角色的时候，我闻着她身上的味道。她的秀发变换着不同的金色，她的胸部随着她的动作在衬衫里上下起伏，让我着迷。

"苏里文跟我说你和无国界医生一起去了卢旺达。那边发生的事情真是太可怕了。"

我皱起了眉头，在没弄清楚状况之前，我不想反驳她。

"你什么时候回来的？"

"呃……就刚刚。今天晚上。"

"很高兴你能来看我。"她边说边把棉球扔进了垃圾桶，"谢谢你救了我，还有那封信。"

我遮掩不住自己的惊讶："苏里文把信给你了？"

"是啊，当然了。"她回答，清澈的眼睛望着我，"那封信让我感到安心，我经常读它。"

她的嘴角有牙膏的痕迹。在灯光和她脸庞所反射的光晕下，我幻想着自己的嘴唇贴到了她的嘴唇上。

"嘿，"她边说边回到卧室准备梳妆，"我今天会特别忙，我要去茱莉亚学院上课，然后要为 CK 品牌拍照和录影。如果你愿意，我们晚上见面？"

"好啊……说定了。"

卧室门开着。借助镜子，我能看到她优雅、赤裸的身线。显而易见，埃姆斯小姐并不是个腼腆的人，她这份大胆让我觉得有些嫉妒。

"你知道晚饭我想吃什么吗？蜜汁鸭胸肉！"她咽着口水跳到走廊上，拿上手包，戴上羊毛软帽。

"呃……"

"你来做饭，好不好？"她围上围巾，"晚上八点，我们这里见？"

"好。"

"我在门垫下面留了把备用钥匙。亲爱的，你能帮我喂下猫，然后锁好门吗？"

"我……我会的。"

"那么，晚上见啦！"她说完，给了我一个飞吻。

然后，这位美丽的姑娘就从楼梯口消失了。

从她说话的方式和语气，我好像明白了什么……

我独自待在公寓里，被刚刚热情的接待和之前地铁上的悲惨经历弄得有点儿精神失常、头晕眼花。才短短几分钟，我就从寒冷灰暗的暴力走入了这个金发女孩出人意料的热情之中。

我把这里当成自己家，打开了壁橱里的一包炸丸子。

"你的女主人是一枚原子弹，你知道吗？"我对雷明顿说，"她生活中有男人相伴吗？"

它喵喵叫着，但我没办法听懂。

我煮上咖啡，打开收音机，在屋子里闲逛了一会儿。在卧室里，我发现了那封一年多前我写给她的信。信被钉在一块软木板上，它曾被撕成四块，之后又用胶带粘了起来。

贝尔维尤医院

1994 年 5 月 10 日

亲爱的丽莎：

我知道我们其实并不算认识，但是在生活的道路上我们已经相遇了两次。

第一次，你羞辱了我一通，往我脸上泼了一杯根汁汽水。但几个小时之后，你却有勇气协助我从医院"劫走"苏里文。尽管你声称唯一的动机是钱，但我更愿意相信是这个故事本身打动了你。

第二次，是在昨天晚上。这一次没有饮料泼在我脸上，而是一幅恐怖的画面。你割破手腕，肚子里塞满了药，在浴缸里放血自杀。

不要期望我会因为搅乱了你的计划而向你道歉，尽管我可以想象，你肯定是因为无法忍受才会做出这么极端的事。

我不想当一个说教的人。我知道，每个人心里都有一枚炸弹。有些人永远没有勇气拔去炸弹的销钉，另一些人却会去冒险，然后让自己暴露在危险中。这种危险甚至能够移动地壳，引发地震，让生命终结。

在医院里，我每天都能看到病人竭尽全力与折磨着他们的病痛做斗争。这些人为了生命全力以赴，为了能够多活几天愿意付出任何代价。每个人都能找到继续奋斗下去的理由，每个人都给自己预定了一个日子：看到孙子出生，活到春天再看一眼开满鲜花的樱桃树，在生命最后一刻和某个深深爱着却伤害过的人和解。有时他们会成功。但是往往，生命是如此吝啬，只给我们留下一具皮囊。

我明白爱情可能是致命的，情感是具有杀伤力的。但同时，我也极其敬重生命，所以我无法赞同你这种终结生命的行为，哪怕是在你觉得未来一片混沌的时候。

好好照顾自己，丽莎。

请牢牢抓住生命。

请对自己说，时光飞逝，明天会更好。

亚瑟

3

快十一点的时候，我来到苏里文家门口。我在丽莎家待了一会儿，洗了澡，狼吞虎咽地吃了半包玉米片，终于恢复了点儿精神。我在她的衣柜里找到一件勉强可以接受的衣服来代替我的外套——我唯一能穿上的是一件桃红色的羽绒大衣，这让我看上去蠢透了：像是米其林的吉祥物掉进了覆盆子色的染缸里。因为口袋里没有一分钱，我逃票上了地铁1号线。从晨边高地站到克里斯多福街 - 谢里登广场站这段路程好像没有尽头。

"苏里文！快开门！"我一边大声叫喊，一边用力叩着那只狮头门环。

没有回应，只有一户邻居从窗口探出头来。

"您能别再没完没了的喊叫了吗？"

"对不起，夫人，我来找我的祖父。他不在家吗？"

"我一小时前听到他出去了。他经常一大早就去公园。"

我向她道过谢，往华盛顿广场方向走去。我在大理石拱门、喷泉还有公园的铸铁长凳附近转悠了好几分钟，但都没看到苏里文的影子。

最后，我在公园后面找到了他。他在灌木丛中的一块空地上，和那些下象棋的人待在一起。他裹着一件粗笨的翻皮外套，戴着一顶粗呢帽子，正坐在一张石桌后面，和一位亚洲商大学生下棋。他下了五美元的赌注。

"等我下完这一局，孩子。"他感觉到了我的存在，却依旧低着头，连眼皮都没抬一下。

我生气地走到他跟前，把棋盘掀翻在地，棋子落了一地。大学生趁乱抓起桌上的两张钞票，小心翼翼地溜走了。

"你害我输了五美元。"祖父叹口气，终于抬起头看我了。

"我管你呢。"我粗暴地回答，坐到他对面。

他脸上露出一丝淡淡的笑容。

"你的外套不错啊……桃红色和你还挺搭。"

这回，我忍不住向他竖了中指。

"嗯，我也是，我也很高兴见到你。"苏里文摸着胡子回答。

我试图冷静下来，告诉他我今天的遭遇。

"我早上五点在地铁里醒来，被几个臭流氓打了一顿，他们抢走了我的证件、我的手表还有……"

"我的手表。"他打断了我。

"你是也想挨一拳吗？"

"咱俩连玩笑都不能开了吗……"

他招招手，叫来一位推着小车卖松饼的流动商贩，买了两杯咖啡。

"这是一次糟糕的旅行。"他解释道，递给我一杯咖啡。"每次醒来的地点都难以预料，可能好也可能坏。或许是在一节地铁车厢里，另一次，或许是在简·拉塞尔 [1] 的床上……"

---

[1] 简·拉塞尔（Jane Russell），美国女演员。

"简·拉塞尔？她现在都快八十岁了吧……"

"噢，我相信她一定还很美。"

我厌恶地耸了耸肩。

"好吧，我们下次再聊她。此刻，我想要的是答案。"

"你的问题是什么？"

"我有很多问题。第一个就是，在你这场历时二十四年的长途旅行中，都发生了什么？您在 1954 年到 1978 年间做了哪些事？"

4

苏里文往手里哈了口气，好让双手暖和些。他皱着眉头："我们上次聊到哪里了？"

"1956 年。你当时在一辆出租车的后座醒来，旁边坐着一个女人。"

他点了点头，把手伸进外套内侧的口袋，取出钱包，从里面拿出一张揉皱了的泛黄照片。

"这个女人叫莎拉·斯图尔特。那时候她二十六岁，刚从一家医学院毕业，是世界卫生组织纽约办公室的一名流行病学家。"

他把照片递给我，上面是一位穿着白大褂的年轻女人，看样子是在一间医学实验室里。她满面春风，鼻梁挺拔，目光炯炯有神，一绺头发松松地搭在额头上，略微盖住眼睛。这个女人容貌优雅，充满魅力，很容易让人产生信任感。

"我们一见钟情。这份感情既粗暴又绝对，无论是身体上还是精神上，我们对彼此的吸引力似乎无穷无尽，我以前从来没有体验过这种感觉。我在1956年认识了她，之后，我尝试着在1957年再次找到她。第三年，也就是1958年，我终于把真相告诉了她。"

他从耳朵后面取下一支烟，用 Zippo 打火机点着。

"命运很残酷，不是吗？"他语调忧伤，"我终于遇见了我的灵魂伴侣，却无法好好爱她。"

"所以呢，你做了什么？"

"尽管如此，我们还是相爱了。"

他呼出一口气，寒冷的天气让水汽在空中变成一团白雾，几秒后消失不见了。

"尽管有各种障碍，莎拉和我还是一起走了二十多年。1965年，我们甚至幸运地拥有了一个孩子——我们的小安娜。"

天空中仿佛出现了一位天使。

苏里文眼神明亮，定睛看着我身后那些在滑梯周围玩耍的孩子。看到他开始沉默，我接着问道："和一年只能见一天的人在一起，这种关系怎么维持？"

"我从来没说过这是件容易的事，相反，我们都受不了。对于我，对于她，对于我们的女儿，每个人都很痛苦。不过，在痛苦的同时，我也感到神奇。莎拉是我一直在等的女人，是我从懂得爱情之后一直在寻找却没有找到的女人。"

我挠着头，表示怀疑。

"那她呢？她怎么能够接受这种生活？"

"应该说她妥协了。莎拉是个自由、独立的女人，甚至有点儿激进。

她是一位女权主义者，一点儿也不愿意被丈夫束缚住。"

他抽完了那支烟，又从烟盒里拿出一支，用前一支的烟蒂点燃。

"莎拉也是一名战士。她参加了一个名叫'集体浪潮'的组织，这个组织由二十几名女医生组成，在 20 世纪 60 年代，她们参与了遍布全国的地下堕胎运动。那是一个不同的时代，许多脆弱的女性在非自愿怀孕后会觉得自己的一生都毁了。莎拉会去帮助她们，我非常钦佩她做的这些事。"

他又一次使劲儿吸着香烟，同时看着我身后的孩子们。他的双眼望着远方，因怀念往事蒙上了一层水汽。他说出了真心话："这二十四年就像白驹过隙。四分之一个世纪被压缩成了几天，但那却是我一生中最幸福也最紧张的几天。尽管每年只能见她们一次，这样的现实让我很揪心，但是莎拉和安娜曾经让我感受到前所未有的活力。"

"为什么是曾经？"

他的脸色突然阴沉下来，嗓音被痛苦所淹没。他哽咽着说："因为她们都已经不在人世了。"

5

突然，一阵狂风扫过小广场，扬起阵阵灰尘，把园丁们刚扫到一起的落叶吹散了。

苏里文起身离开水泥桌。我捡起地上的棋子，把它们重新装回棋盘，这时我看到他机械地踱着步子穿过了公园。

"嘿！等等我，该死！"

我决定在他后面远远地跟着。

我想他应该会回家。但是，他并没有沿着麦克道格街朝北走，而是穿过美洲大道，进入科妮莉亚街。这条街道很狭窄，有着典型的格林威治村风格，路两旁的树木掉光了叶子，就像那些砖楼和小餐馆门前的守卫。

走到布利克街路口时，苏里文推开了科妮莉亚牡蛎酒吧的大门。酒吧柜台镶嵌着许多贝壳，这种样式的柜台我在新英格兰见过很多，在曼哈顿却极少见到。

我跟着他一直走到这家酒吧。进门后，我一眼就看到了坐在凳子上的他。他也看到了我，然后招了招手，让我坐到他旁边。

"我感到很抱歉。"我说。

他耸了耸肩。

"你不需要为任何事感到抱歉，孩子。不幸的是，今天这桩倒霉事落到你头上了。"

他专注地浏览着菜单，然后自作主张点了菜：一盘大份牡蛎和一瓶普宜富赛酒。

柜台后面的侍者飞快地为我们倒了两杯白葡萄酒。苏里文一口气喝光了他那杯，让侍者给他续上。我等他又喝了一口之后，继续提问。

"第二十四次旅行之后发生了什么？"

他露出妥协的神色，目不转睛地看着我。

"最好的事和最坏的事。"

侍者端来一份牡蛎拼盘，放到我们面前。苏里文往上面挤了半个柠

125

檬，把一只牡蛎吸进嘴里，然后开始讲述。

"首先来说最好的事：时间又开始正常运转了。你不会再从一年跳跃到另一年，而是重新回到这个世界上属于你自己的那个位置，和从前一模一样。这一点，算是个好消息。"他说着又拿起一只牡蛎。

他故意停顿了一下，让我等得心焦。

"那坏事呢？"我催促道。

"你还记得地下室门上的那块铜牌吗？"

"上面刻着拉丁铭文的那块？"

他点点头。

"二十四向风吹过，一切皆空。"他说。

"然后呢？"

"然后就变成了这样，这也是灯塔真正的诅咒：你这些年所有的经历都会消失，它们只存在于你的记忆之中。你遇到过的那些人都会忘记你，你在这二十四年间建立的一切都将荡然无存。"

苏里文看出我并不能理解他的话，于是进一步解释道：

"完成第二十四次旅行之后，我在1978年醒了过来。从地理上看，我又回到了起点——灯塔地下室里的那个小房间里。"

"只不过这个房间已经被封了起来。"我插了一句。

他点头同意。

"我花了好一阵子才弄明白自己身处何地，并且以为要被一直困在那里了。幸好当时房间里有工具，地面也足够松软、潮湿。我拿起一把铁镐，开始挖土。不知道过了多久，也许是十个小时，我终于成功地从灯塔里逃了出来。我用井水洗了洗身上，然后从最近一户邻居家里偷了辆自行车，骑到波尔恩火车站，赶上了第一班去纽约的火车。"

他把叉子放下，再次沉默了。显然，回忆那些事情对他来说既困难又痛苦。

"那个年代，世界卫生组织在纽约的办公室位于龟湾附近的街区，靠近联合国。晚上七点，莎拉从楼里出来了。但是，她没有像我们以往每一次重逢时那样扑到我怀里，而是像一个彻头彻尾的陌生人一样看着我。"

他的目光暗淡下来，语调也变了。

"我想和她说话，但她却继续朝前走，面无表情，一副不认识我的样子。我无比失望，因为我从她的眼神中看出她并不是在假装。我执意告诉她我们的过去，我对她说我们的女儿安娜，说那些年我们在一起生活的点点滴滴。那一刻，我猜莎拉一定是起了怜悯之心，她在人行道上停下来，开始和我说话。但她那些话不是对自己丈夫说的，而更像是对一个疯子说的……"

他攥紧了拳头。

"她把她钱包里的照片拿给我看。里面有她丈夫，一个美国黑人医生，还有她的孩子们，一对好看的混血双胞胎，十几岁的样子。我吓呆了，怒火和悲伤蹂躏着我的头脑和心脏。"

他一把抓住我的肩膀，摇晃着我的身体大叫起来："我没法接受这一切，你明白吗？我试图向莎拉解释，告诉她所有这一切都是假的。她害怕了，开始逃跑，但是我追上了她。我抱住她，不让她动，好让她听我说话。我告诉她我爱她，我会找到安娜的。她大叫起来，开始挣扎。她挣脱了我的束缚，又跑了起来……她跑着穿过大街……一辆从相反方

127

向开过来的车撞到了她。然后莎拉……莎拉当场就死了。全都因为我……"

他哭了。大颗大颗的眼泪顺着脸颊流下来，掉到牡蛎壳上。身体因为悲伤而颤抖。他哽咽着继续说道："在这之后发生了什么，我一点儿也想不起来。我杀死了我深爱的人，我无法承受这种打击，很快就精神失常了。当我醒来的时候，我发现自己被关进了布莱克威尔医院，身上穿着紧身衣，精神病医生正在使劲儿揍我。"

我把面前那杯冰水递给祖父，但他没有接，而是拿起了酒杯，一口喝干，然后又一次紧紧抓住我的手臂。

"你必须明白，接下去的二十次旅行所建立的一切不过是一座沙子堆砌的城堡，一旦潮水升起，就会立刻被摧毁。"

"就是因为这个，你撕碎了我给丽莎的信？"

他点了点头。

"我当时做了正确的决定。但最后我还是把信给了她，因为她那时没有一点儿生气，我觉得这封信会对她有好处。不过，以后可能再也不会发生这样的事了。"

他双手发抖，定定地看着我的眼睛。

"不幸的是，你已经进入了这个地狱般的螺旋。但你千万别和我犯同样的错误，孩子！不要把其他人带进来！"

"历史也可能不会重演。"我试图说服自己。

苏里文站了起来，整理了一下帽子，然后用冰冷的语气对我说："相信我，结局会是一样的。你是在和命运抗争，这是一场力量悬殊的较量，还没有开始，你就已经输了。"

6

19:00

　　一场倾盆大雨降临纽约。

　　我把外套顶在头上挡雨，手里提着两袋食物，穿过阿姆斯特丹大道，走到109街。我快步冲进丽莎住的那幢房子的大厅，走上楼梯，到达顶层，在门垫下找到了钥匙，走进这间已经开始让我感到熟悉的公寓。

　　"你好啊，雷明顿。"

　　我打开门口的灯，走进厨房。丽莎应该不会在一小时之内回来，所以我有充分的时间来准备说好的晚饭。

　　听完苏里文的坦白，我最终还是陪他回了家。我换了身衣服，取了点儿钱，然后按照他的建议去了一个叫斯坦的假证专业户那儿，拍了张照片，一小时后我就拿到了自己的新护照。

　　我昏昏沉沉地在曼哈顿闲逛了一会儿，感到无比孤独。如果苏里文说的都是真的，那么我既没有未来，也没有希望。我的前路一片暗淡，我变成了一个被操纵的提线木偶，在即将到来的三个星期内，我生命中最美好的几年将被残忍地删除。

　　为了不让自己沉浸在这些想法之中，我决定去关注一些简单的事情。我在苏豪区的一家书店里买了套菜谱，然后又去迪恩－德鲁卡食品店为丽莎买了些食物，充实她的冰箱。

　　"嘿，小猫咪，有惊喜哦！"我从袋子里拿出一盒罐头。

我给小猫喂了三勺鱼罐头，然后把其他东西放在桌子上：两颗维多利亚菠萝、一根香草、一段桂皮、两只青柠檬、几个八角和茴香、一块鸭胸肉、几个土豆、一罐蜂蜜、若干小洋葱头、一头大蒜，还有一把欧芹。

看着眼前这堆食材，我有些胆怯，因为我是个高度依赖微波炉和真空包装沙拉的人。我认真回想了好一阵，确定自己这辈子从来没有真正做过饭。

我打开菜谱第一册，翻到"法式香烤鸭胸配土豆"那一页，然后把第二册翻到"鲜菠萝沙拉"那一页。接下来，我要花一小时的时间努力做到最好。与此同时，我打开收音机，贪婪地收听最近错过的新闻报道：一起发生在俄克拉荷马市的凶杀案，O.J.辛普森出乎众人所料被宣判无罪，比尔·克林顿医疗系统改革失败……

我换了一个频道，是目前流行的音乐台，正在播放一些我没听说过的乐队的歌，比如绿洲乐队的《无论如何》，不过也有我喜欢的歌手的新歌，比如布鲁斯·斯普林斯汀的《费城的街道》和平克·弗洛伊德的《远大希望》。

"好香啊！"丽莎推开门，叫了起来。

她摸了摸雷明顿的脑袋，走到厨房，身上还挂着雨滴。她解下围巾，脱掉大衣，搭在椅背上。

她嘴边挂着笑容，用愉快的语气和闪亮的眼神向我诉说一天的经历，而我则在烘烤蜜汁鸭肉。

好像我已经在她的生命中存在了很久。

我不知道苏里文是怎么跟她说我的，但似乎帮我加了很多分。丽莎的轻盈、年轻和无忧无虑十分具有感染力，她才回来短短几分钟，我就已经把忧虑抛到了一边，专心享受当下的时光。

丽莎跳起了舞，容光焕发。她转着圈儿跳到浴室，不一会儿，头上包着毛巾，又回到了起居室。

"我在店里租了盘录像带。"她一边说一边把录像带从包里拿出来，光盘上写着《四个婚礼和一个葬礼》，"你愿意的话，我们可以边吃边看。这部片子好像很搞笑。"

她擦头发的时候，我发现她一直在盯着我看：两簇钻石般的光芒在半明半暗的房间里闪动。她走到我身边，用手抚摸我的脸颊。这个动作发生得很快，我完全没有想到。我拨开遮住她脸庞的潮湿发束，吻上了她的嘴唇。她扯下了我的皮带，我解开她衬衫的纽扣。她皮肤冰凉，胸部在微微颤抖。

"过来……"

我们的拥抱变得更加热情。突然，我们失去了平衡，跌倒在沙发上。我们抱在一起很长时间，与此同时我的蜜汁鸭胸肉在厨房里烧焦了。

7

我睡不着，在床上翻来覆去，这种状况持续了差不多四十五分钟。我无法平静下来，而丽莎就躺在我身边，安静地呼吸着。

我一直在这里。

收音机屏幕上显示的时间是 06:32。

我一直都在这里！

前一天，我在地铁车厢里醒来的时间是 05:45。所以我已经愉快地跨越了二十四小时这道线！

在黑暗中，我轻轻地站起来，套上一条长裤，又用被子把丽莎的肩膀盖好，然后蹑手蹑脚地走出房间。

雷明顿在门后面等着我。

厨房冷得都快要把我冻僵了。我在微波炉旁再次确认了时间，同时给自己热了杯咖啡。屋外，暴风雨仍在呼啸，给窗户挂上了一层半透明的帘幕。

我打开窗户，把手支在窗台上，看着从远处投射过来的天光。雨下得很大，天空一片阴沉，目之所及全都是昏暗的青灰色。

雨点鞭打着我的脸。在 110 街和阿姆斯特丹大道交叉口，一个卖热狗的小贩在大雨中拖拽他的小推车。突然间，窗外的画面开始跳跃，像是受到了某种干扰，阴暗的污点在眼前漂浮。

心脏在急速跳动，这时，我闻到了从街道上升起的橙花味烤饼的味道，伴随着一股甜腻的香气。我还是孩子的时候，妈妈曾为我做过这种口味的点心。

一阵触电般的感觉击中了我，我不寒而栗。

突然，我松开手里的咖啡，杯子跌落在地上。

雷明顿狂躁地喵喵叫着。

然后，我的身体变得麻木，生命似乎在急速衰竭。

直到我消失。

CHAPITRE III / 第三章　消失的男人

1996　公园里的莎士比亚

> 所谓生活经历，
> 不是指一个人遇到过什么事情，
> 而是指他如何面对这些事情。
> ——阿道司·赫胥黎

黏稠的空气让呼吸变得困难。

熟的饭菜、油炸食品以及洗洁精散发出令人恶心的气味。

我光着上身，躺在泛潮的地面上，感觉脖子和腋下在淌汗。头顶有强光照射，我满眼是泪，好像几厘米外有人在切洋葱。

我挥手赶走围着我的脸飞舞的苍蝇。那种熟悉的感觉又来了：眼皮肿胀，严重耳鸣，身体僵硬，浑身酸痛，无法动弹，偏头痛像是在我的头皮上钻孔，双腿好像被锯断了……

我睁开眼睛，胳膊撑在油腻腻的方砖地面上，勉强站了起来。刚一起身，一阵烂菜叶的气味钻进了我的鼻孔。

只有我一个人……站在一间灯光耀眼的长方形房间里。

1

我抬起胳膊，擦掉脸上挂着的汗珠。周围有一些烤盘、六个水槽的洗碗池、一个切菜的台面、一口大炸锅、许多一百升的蒸锅、一台电烤炉、一台焙烧炉、一架传送机，墙上固定着一排不锈钢橱柜，天花板上装着几个巨大的换气扇。

显然，我是在一间中央厨房。就是那种在餐厅、工厂和公司食堂里常见的集中式厨房。

妈的，我在这里做什么？

架子上摆着一只过时的树脂闹钟，显示现在是下午一点。

我吃力地走到第一扇窗户前，想把它打开，让新鲜空气进来，我也好看看外面的情况。有一件事可以肯定：这一次，我不在曼哈顿。视线所及，我只能看到仓储房和工厂烟囱。这是一个工业区的中心区域，外围环绕着高速公路和河流。我打开对面墙上的第二扇窗户，终于认出了曼哈顿那些摩天大楼的美妙线条。我眯起眼睛，辨认出帝国大厦的身影，克莱勒斯大厦的尖顶，还有皇后区大桥的金属结构。

我琢磨了好一会儿，总算弄明白了自己身处何地——布朗克斯的南部，大概是在亨茨波镇半岛上，这里集中了纽约所有的批发市场，贩卖水果、蔬菜和肉类。

我转过身，朝这里唯一的出口走去，那是一扇镀锌的钢铁防火门，看上去好像……被锁上了。

"嘿！喂！喂！有人吗？"

没人回答。

我想找个灭火器把门砸开，但是一无所获。

火灾时请拉开

火警报警器上的使用说明让我立刻想到一个主意——我把手动报警开关按了下去。

但是什么也没发生，没有警报，也看不到闪光。

我很气恼，闷闷不乐地走回窗边。这里距离地面差不多有二十米，从这个高度跳下去可不能指望自己还完好无损。

尽管有风，房间里还是闷热无比。在室外，污浊的空气中弥漫着一股化肥的味道。布朗克斯河西面的卸货码头一直延伸到几公里外，旁边还有一大片封闭起来的场地。虽然有几辆大型载重车和半挂车从高速公路上驶过，但这里仍显得毫无生气。

附近只有空旷的停车场和楼房。我敢打赌，今天一定是周末。

真倒霉……

"喂！嘿！喂！"我声嘶力竭地喊着。

完全是白费劲。我意识到，在我目前所处的地方，没人能看到我，也没人能听到我的叫喊。

我回到房间里，希望能想出一个办法。墙上有一本用图钉固定的裸体女郎年历。1996 年 8 月的这位小姐只穿着一条泳裤，有一头漂亮的棕发，带着挑逗的眼神，胸部坚挺。她靠在海边沙滩的吧台上，喝着盛在一只空心菠萝里的鸡尾酒。

我很快就算了出来，如果现在正值盛夏，那这次我穿越了大约九个月。

我快速扫了一遍房间里的其他设备：托盘架、搬运推车、一个巨大的不锈钢衣橱——看上去像是那种小隔间衣帽柜，上面挂着一把密码锁。

在接下来的一小时内，我绞尽脑汁，努力寻找从这里逃出去的方法。我试图拆开天花板的顶板，打开排风道的连接，钻进换气管道，甚至考虑过用一把漏勺和一把夹意大利面的夹子破坏金属闸门。

但都没有成功。

忙碌了一阵之后，我的嗓子干渴难耐。冰箱里有一听汽水，是难喝的口香糖味，还有一块甜得发腻的芝士蛋糕，我满怀疑虑地用鼻子闻了闻，但肚子实在太饿，真的顾不上挑三拣四了。

房间一角的天花板上挂着一台旧电视机。我在放冷冻剩菜的碟子上找到了遥控器，打开电视，屏幕上出现了一些体育赛事的画面：田径、游泳，还有网球。我漫不经心地扫视着电视屏幕，认出了卡尔·刘易斯、迈克尔·约翰逊和安德烈·阿加西。我一边看体育报道，一边吃蛋糕。然后，一位戴着耳机、手拿话筒的评论员出现在屏幕上。

我们对第二十六届夏季奥运会的回顾就到这里，本届奥运会从 7 月 19 日到 8 月 4 日在亚特兰大举行。会后将会有精彩的闭幕式，今晚 NBC[1] 将为您从百年体育场带来闭幕式的现场直播……

---

[1] 美国国家广播公司。

这个日期让我大吃一惊。所以，今天是 1996 年 8 月 4 日。

也是我的生日。

我三十岁了。

从 1991 年 6 月那个早晨算起，五年过去了。那个父亲突然造访的早晨，那个他赏赐给我二十四风向灯塔这笔有毒的遗产的早晨。

五年过去了，却只用了五天。

我凝视着水池上方挂着的小镜子里自己的容颜。

自打这个噩梦开始，这是我第一次从镜子里看自己的模样。我变老了，一脸倦意，神色迷茫，瞳孔扩散，眼袋很大，好像在外面玩了一个通宵。此刻，我脸上还没什么皱纹，看上去不算太沧桑，但是脸部轮廓变得锋利干瘪，眼神阴郁，头发也失去了光泽。最让我感到意外的是，我的身体已经没有了任何年轻人的痕迹和特征，天真、率直、顽皮的神情都已经消失殆尽……

生日快乐，亚瑟。

2

下午三点，四点，五点……

午夜，凌晨一点，两点，三点，四点……

我既恼火又疲惫，像一只困在牢笼里的狮子，在房间里团团转。我尝试了所有方法，想要逃离这里。

当我意识到自己永远打不开那扇防火门后，我转向那只被我推倒在地的衣橱。密码锁有五个转轮，我尝试了几百种组合，但组合的可能性近乎无穷，我一直没能找到正确的那个。

这是一场疲劳战。一把弯曲的奶油抹刀、一把薯条铲、一支磨刀棒，我动用手边的所有工具来对付这把锁。

"去他妈的！"

我咒骂着，奋力把抹刀丢到房间另一头。我脑袋昏昏沉沉，怒不可遏，用拳头狠命地砸着橱门。

真是噩梦中的噩梦！这可是整整一年压缩而成的二十四小时，难道我就只能被困在这个该死的房间里？

我突然抽泣起来。一种已经无法忍受的痛苦化作一场前所未有的痛哭。我感到极度的孤独，无边的恐惧征服了我，灯塔的诅咒正在摧毁我。在过去这五天，或者说过去这五年里，我一直糊里糊涂，消极被动，对如何摆脱眼下的困境没有一点儿头绪。

我又一次走到窗边，目光被我和地面相距的这二十多米吸引住了。如果跳下去，一切都会结束。只需要短短一瞬间，就不会再有痛苦，不会再有内心的恐惧，不会再有诅咒。

但是，也不会再有其他任何事情了……

天知道为什么，我此时竟回想起了那个周六弗兰克离开前说的话：这个谜团纠缠了我三十年，而我相信你是唯一一个能够解开它的人。

我擦干眼泪。试图从一个一直都在欺骗我的人所说的话里寻找安慰，这真是一件悲惨的事情。但无论如何，我还是牢牢抓住了这些话，因为除此之外，我一无所有。

我又回到不锈钢衣橱前，拿起我的临时工具——一把铁质刮刀，然后化悲愤为力量，继续努力撬衣橱。半小时之后，第一个门闩断了。我利用这点小小的空隙，把钢质磨刀棒插了进去，又拽着手柄拉了好几下，成功地把剩下两个门闩也撬开了。

终于成功了！

我有点担心地往衣橱里看，幸好里面的东西没有让我失望：大抹布、布围裙、烹饪制服、T恤。我穿上马球衫，套上制服，甚至还找到了一双正合我尺码的卡特彼勒工装鞋。

我耐心地把衣服一件一件系在一起，做成一条逃生绳。当这条绳子足够长、足够结实之后，我把它牢牢地拴在窗户上，然后目不斜视地顺着绳子从大楼的墙面滑了下去。我像一片树叶似的在空中摇晃，不禁感到阵阵晕眩和恶心。我尽量避免往下看，弯曲双腿，脚底撑着墙面，像攀岩一样缓慢地向下滑落。五米，十米，十五米。

直到上方突然传来一阵撕裂声……

我一下子从几米高的地方摔了下来，像球一样滚到柏油地面上。触到地面后，我不再害怕，只是觉得很疼。我站起来，在工业区里走了一会儿。卡车进进出出，我站在高速公路的入口处，想要搭趟便车。二十多分钟后，终于有辆车停了下来。这是一辆大型卡车，司机是两个黑人兄弟，他们要运一批水果和蔬菜到东哈莱姆[1]去。兄弟俩很热情，他们在用收音机收听雷鬼舞曲，同时兴高采烈地抽着一种我完全不认识的东西。他们请我也吸一口，我婉言谢绝了，只接受了他们送的一瓶水和几

---

[1] 东哈莱姆，曼哈顿的一个街区，是纽约最大的拉丁裔社区之一。

个油桃。到达曼哈顿北部的时候，他们要拐向晨边高地，于是把我放在了 109 街和阿姆斯特丹大道的交叉口。

现在是早上七点。

3

"你这个浑蛋！你怎么还敢出现在我面前？卑鄙的家伙！滚！我再也不想见到你了！"丽莎把我大骂了一顿，然后在我面前狠狠地甩上了门。

我们的重逢持续了不到十秒钟。

我站在她家门口，心如擂鼓，她却一点儿都不急着出来。我把耳朵贴在门上，清楚地听到里面传来男人的声音。我的心脏中了第一支箭。

你还在等什么，现在，我的小亚瑟？

当她终于再次把门打开的时候，我看着光彩照人的她，不禁心花怒放。她穿着一件撩人的深蓝色短睡衣，留着精心打理的刘海，披散的长发好像瀑布一般。以前那双绿松石般的眼睛变成了深蓝色，带着蔑视和敌意瞪着我。我想告诉她，再次见面我有多么高兴，可她却把我当成了一个浑蛋。

我没有灰心，按住门铃按钮，连着按了一分多钟。

"你给我安静点儿，老兄！"

一个裸着上身、高大魁梧的家伙从门缝里探出头来。

"你是不是聋了，丽莎已经让你滚蛋了！"他一边说，一边用不屑的目光打量着我。看到我穿着滑稽的厨师制服，他露出了轻蔑的笑容。

这家伙长得很帅，活像一尊现代雕像，足足高出我两个头。他只穿了一件紧身短裤，大概是为了凸显自己的男性气息，炫耀他那像雕刻出来的巧克力一样的腹肌。

"这件事你别掺和。"我回答，想要无视他。

我打算强行闯进去，但他一把抓住我的脖子，把我丢到了楼梯上，重新关上了门。

还有好长的路要走啊，我坐在台阶上，忧伤地想。

这一摔让我的前臂受了伤。我揉着手腕，靠在扶手上，突然，雷明顿跳到了我怀里。

"嘿，老朋友！"

小猫把头蹭过来，想要我摸摸它。这时我突然冒出了一个念头。

"伊丽莎白，你的猫现在在我手上！"我大喊，确保自己的声音足够响亮，"如果你想把它要回去，就过来见我！"

我竖起耳朵，听到屋内传来一阵说话声。看来这个办法奏效了。

"我告诉过你，一定要看好猫咪！"丽莎责备着她的美男子，他小声咕哝了一句。

"如果你还在乎可怜的雷明顿，就不要派你的保镖过来！"我一边走下楼梯，一边告诫他们。

不到一分钟，丽莎就出现在了台阶上。她穿着一条破洞牛仔裤、一双旧耐克气垫鞋，以及胸罩。

"把猫还给我！"

"我当然会把它还给你，但首先你得听我解释。"

"我不听，你想也别想！一年前，你像贼一样，一大早就溜走了，连句话都没有留，而且你从来都没有回过我的电话。"

"确实如此，但我是有原因的。"

她并没有追问我的原因，而是继续向我宣泄心中的怨恨。

"你可能早就忘了，但那晚我们谈了很多。因为你救了我的命，我把一些很私密的事情告诉了你。因为我信任你，因为我相信你不一样。"

"从某种意义上说，我的确是不一样……"

"对啊，你比其他人更浅薄，更无情。你到底想怎么样？你觉得我会对每个男人都投怀送抱？"

"不管怎样，你也没过多久就找了个新帅哥，取代我的位置！"

"你竟敢这么说！"她生气地反驳道，"是你自己一直不肯回到我身边！"

她愤怒地举起手，想要给我一个耳光，但我紧紧抓住了她的手，雷明顿趁机跳到了人行道上。

丽莎把它抱了起来，转身往回走。

"丽莎，等等！你听我解释！"我跟了过去。

"不必费心了，亚瑟，苏里文把一切都告诉我了。"

我走到她身边。

"怎么会这样？他跟你说了什么？"

"那些他早该告诉我的事情，那些你干的好事！你会勾搭遇到的每个女人，你已经结婚了，你还有孩子，而且你……"

这个浑蛋……

我伸手拦住她，不让她进楼。

"让我过去！"

"我向你发誓，这些全都是假的！"

"你祖父为什么要骗我？"

"因为他疯了。"

她摇了摇头。

"哦，不，亚瑟，我不会再相信你了。我和苏里文一直都有联系，我每周会去看他两次。相信我，他头脑清醒得很。"

"听我说，丽莎，这是一个很长的故事……"

"也许吧，但我现在既没有兴趣也没有时间听你讲这个故事。"

4

麦克道格街 上午 09:00

"你好啊，孩子。"苏里文站在门口迎接我。

"别这样叫我！我不是孩子！"

他张开双臂想要拥抱我，可我实在没心情。我没理会他的热情，连招呼都没打就直接进了大厅。

"好吧，把这儿当成自己家就行。"他叹了口气。

而我就是这么做的。我径直走进楼上的浴室，脱掉那身滑稽的衣服，打算赶紧洗个澡。由于在布朗克斯那间中央厨房里待了太久，我现在浑身都散发着难闻的汗臭和剩菜味。我打开热水，用了半瓶沐浴露来清洗

145

身体，还喷了些苏里文不用的古龙水。我喜欢里面薰衣草的气味。

最后，我来到"我的卧室"，换上一条棉布长裤，一件短袖衬衫和一件亚麻上衣。在五斗橱上，我发现了四张五十美元的钞票，肯定是苏里文故意放在那里的。

我把钱装进口袋，然后下到一楼。电唱机的音箱里涌动着比尔·伊文思的音乐——《你必须相信春天》，这是米歇尔·勒格朗作的一首名曲。

苏里文叼着一根雪茄坐在起居室的桌边，面前放着一台笔记本电脑，鼻梁上架着一副小眼镜，正盯着屏幕上密密麻麻的数字。

"这是什么？"我指着显示器问他，"新式 CD 机？"

"这是一个证券经纪公司的网页。"

我瞪大了眼睛。

"网页？"

"你可以把它理解成一种用于信息服务的链接。多亏了互联网，人们现在可以在自己家里买卖证券。"

"互联网又是什么？"

他忍不住笑了起来。

"我已经七十五岁了，却还要向自己的孙子解释什么是互联网……"

"别讽刺我了。"

"你真敏感！好吧，互联网是一个全球信息网络系统，我们可以在上面交换信息，还可以接入许多其他服务，比如说……"

我打断了他："话说回来，你懂证券交易？"

"哦，20 世纪 50 年代初的时候，我做过好几笔赚钱的买卖。"他回答，装作谦虚的样子。

然后，他把屏幕转向我，上面显示的是一系列复杂的图表。

"我们即将迎来一个令人难以置信的时代：科技股势头正劲，而这仅仅是个开始。这一年来，我靠买卖证券，本金已经翻了一番，你能想象吗？放在从前，谁会相信还能这么赚钱！"

我绕过桌子，把上衣搭在一把高脚椅的椅背上。威士忌瓶子旁边放着一把意大利牌子的老式咖啡壶。为了重新打起精神，我给自己煮了一杯双份浓缩咖啡，又在里面滴了几滴白兰地。

"你连银行账户都没有，怎么能做这些交易呢？"

他耸耸肩。

"我借了别人的名字，小菜一碟。实话告诉你吧，我用的是丽莎的账户信息，作为回报，我会付给她百分之一的利润。"

我差一点儿就要爆发了。

"现在我们就来谈一谈丽莎！为什么你要对她说一大堆关于我的谎话？全都是胡扯！"

"因为好的谎言比坏的真相更有意义。现在，认真回答我，你想让我对她说什么呢？"

他站起来，没有倒咖啡，而是直接给自己倒了一杯白兰地。

"我会继续说你坏话的。"他警告我说，丝毫不觉得惭愧。

"浑蛋！你为什么要这样做？你不相信我已经爱上她了吗？"

"你不该去见丽莎，就这么简单。如果你想发泄冲动，可以从保险箱里拿五百美元，高级酒店的酒吧里到处都是应召女郎。"

"你不怕我揍你吗？"我气愤极了。

苏里文喝了一大口酒。

"我只希望丽莎能幸福。同样，也希望你能幸福。"

"在这件事上，我希望你不要插手！我是个成年人，我知道什么对我来说是好的！"

他摇了摇头。

"以你现在的处境，恐怕不是这样。别忘了，我经历过你正在经历的事情……"

"正因如此，我才更希望你能助我一臂之力。"

"我让你别去见这个女孩，就是在帮你。你会给她带来不幸，也会给自己带来不幸。"

他把手搭在我肩膀上，用沉重的语气一字一句地说："你知道我经历的那些事情，我杀死了心爱的女人，然后在一家精神病院里待了十几年。"

"谢谢你的建议，但是这并不代表你有权干涉我的选择！另外，就是因为你，我才落到这般田地。"

他发火了："你不能让我为所有错误担负责任，这样说太轻率了！"

"我从来没有向任何人要求过什么！我本来过着平静的生活，是弗兰克跑来找我。是弗兰克！是你儿子！你只顾着和你的莎拉在一起，你遗弃了你儿子，所以他才变成了一个浑蛋！这就是事实！"

他冲过来，揪住我的马球衫领子。尽管年事已高，他的力气还是大得像头牛。

"说话注意点儿，小子。"

"你吓不倒我，"我把他推到墙上，"别忘了，你现在之所以能住在这幢房子里，听这些爵士碟片，喝威士忌，抽雪茄，在电脑前面玩证券，这都是我的功劳！是我把你从医院里弄出来的，是我！不是你儿子，不是你朋友，不是我的哥哥，也不是我的姐姐！是我！"

他垂下了眼睑，我松手了。

"我再也不想见到你了，苏里文。"我穿上外套，恶狠狠地说，"我会努力去修补我和丽莎之间的误会，不准你再和她说我的事。"

我已经走到了大厅，又忍不住回头对他说："你要是还和我对着干，我发誓下次我会把你送回精神病院！"

5

"丽莎，你如果在家，就开门吧！"

出租车把我放在阿姆斯特丹大道上的那幢楼房前。我敲门足足敲了一分钟，公寓里很安静，只有小猫时不时地喵喵叫两声。

现在已经将近正午了。在炎热的盛夏，8 月份的第一个星期天，她能去哪儿呢？肯定不是茱莉亚学院，也不会是东村的酒吧。

我走下台阶。

我的出租车司机——一名印度锡克教徒——把他的福特皇冠车停在对面的车道上，正在一棵银杏树的阴影里吃着早餐。他靠在引擎盖上，大口大口地啃着一块皮塔饼。

我有些窘迫，四下观望，想要找到一丝线索。

信箱……

楼梯间的每个信箱里都塞着一张粉红色传单。我今天上午来的时候还没有——派发传单的人显然想引起人们的注意。

我拿起其中一张，认出了用线条勾勒的莎士比亚的侧影——他的秃头、小胡子，还有尖尖的山羊须。下面是一段简短的邀请文字：

在第 34 届"公园里的莎士比亚"戏剧节来临之际

茱莉亚戏剧学校毕业生将为您呈现威廉·莎士比亚的一出经典话剧

仲夏夜之梦

8 月 4 日（星期日）13：30，戴拉寇特剧院音乐厅

免费入场

谢天谢地，丽莎在那里！

等司机一吃完三明治，我就把广告单递给他，他随即发动了汽车。午后的空气令人窒息。曼哈顿的街道正在经受烈日暴晒，路上的车流与人流从未如此畅通。不到十分钟，我们就已经开过中央公园西路，到达自然博物馆。司机把我放在 79 街，告诉我该怎么去音乐厅。我付了钱，向他道过谢，然后穿过马路，开始了在中央公园的冒险之旅。

公园里挂着许多横幅，上面印着《仲夏夜之梦》的演出信息，我在高中时曾出演过这部话剧，因此对它很熟悉。根据司机的指示，我很快便来到了那座坐落在树林里的露天剧院前，这里距离眺望台城堡只有几步路。三十多年来，每年夏天都有许多剧团在这里免费演出那位来自斯

特拉福德[1]的著名作家笔下的戏剧名篇。

我在音乐厅周围转了转。公园里的人真不少，有游客、戏剧爱好者、卖冰淇淋和汽水的小贩，还有围着他们的孩子。

我看到了丽莎，她和剧团里的其他演员一起躲在一顶户外大帐篷下面。我也认出了巧克力腹肌先生，那个把我扔到楼梯上的家伙。他显然比我们上一次见面时穿得多，把紧身短裤换成了狄米特律斯[2]的戏服。丽莎则戴着一顶闪亮的花冠，穿着仙后提泰妮娅的飘逸长裙。"仙后"这个叫法用在她身上再合适不过了。

她一见到我，就露出不高兴的神情——这还是比较委婉的说法。巧克力腹肌先生想插手，但这次我保持高度警惕，先发制人，用膝盖击中了他的要害部位，让他动弹不得。

当其他人发现他们的伙伴被人袭击后，特修斯、伊吉斯和拉山德都准备朝我扑过来，但是"仙后"上前说道："亚瑟！我到底对你做了什么？为什么你要掺和到我的生活里来？"

她的声音充满了愤慨，有一瞬间，我不禁问自己为什么会被这个女孩所吸引。

"你真的需要听我解释，丽莎。"

"我还有其他事情要做！我们几分钟之后就要上场了。这出戏我排练了十个月，它对我来说太重要了！"

"我知道，但我真的一秒钟都不能等！不如这样，你就听我说十五

---

[1] 莎士比亚的故乡。

[2] 狄米特律斯和下文中的特修斯、伊吉斯、拉山德都是《仲夏夜之梦》剧中人物。

分钟，然后，如果你依然决定不再见我，那么我向你保证，你以后再也不会听到我说话了。"

"好吧，"过了几秒钟，她叹了口气说道，"我给你十分钟。"

我们离开人群，希望能够安静地说会儿话。但是由于她的裙子很长，背上又背着两只铁丝扎成的天使翅膀，我们也不能走得太远，便来到了距离帐篷十几米远的树荫里，坐在一张长椅上。

在我们旁边，一名五岁左右、戴着眼镜的红头发男孩正津津有味地舔着一只意大利冰淇淋，同时痴痴地看着丽莎，他的母亲则沉浸在约翰·勒卡雷最新的一部小说中。

"好吧，你有什么重要的事情要和我说？"她神色不快。

"你死都不会相信的。我所遭遇的事情实在令人难以置信，但是千真万确……"

"有话快说，好吗？"

我深吸了一口气，好像很快就要屏住呼吸潜入水里。在接下来的十分钟里，我没给她任何打断我说话的机会，把所有事情和盘托出：我的父亲、灯塔、地下室里的金属门，我为何会出现在圣帕特里克大教堂，我第一次见到她是在她的淋浴间，我怎样在醒来之后把她从她那该死的前男友的画室里救出来，苏里文那些骗人的把戏，二十四风向灯塔的诅咒……

当我的解释接近尾声的时候，我小心翼翼地观察她的反应。

"所以，如果我没理解错的话，你之所以没给我回电话，是因为你每年只能活一天？"她无动于衷地问我。

"没错。对我来说，我昨天才见过你，但是对你来说，已经过了差不多一年的时间。"

"你不在的时候，去了哪里？"

"我其实哪里也没去。我不存在。"

"那么，当你人间蒸发的时候，是怎样发生的？"她用讽刺的口气问我，"像《星际迷航》里那样吗？"

"我会从人间消失，就这么简单。这既不是超级英雄的超能力，也不是大卫·科波菲尔的魔术。"

她烦躁地笑了。

"你把你的祖父从一家精神病院里弄了出来，可你知道吗，你才是那个应该被关进去的人。"

我默默承受着她的挖苦，但同时我也察觉到一丝好奇和担忧。

"也就是说，你会消失？就在我面前？"

对此我确信不疑。几秒钟之前，我就感觉到四肢刺痛，眼前出现了黑色斑点，闻到了橙花的甜美味道。我用尽全身力气来否定这些感觉，想要抑制它们，我需要再坚持一会儿。

丽莎站在那里，陷入了沉思。我在她的目光中看到了一丝慌乱。通常情况下，她应该感到害怕，然后立刻跑开，但是似乎有什么事情让她留了下来。

"我想告诉你一件事，"她开口了，"虽然，这件事可能并不是太重要……"

她唤起了我的好奇心，但是她突然停住了。

我的身体开始发抖——又是一阵无法控制的痉挛。我看了看周围，设想假如有人看到我会怎样。还好，没有人注意到我，除了眼前这个戴眼镜的红头发男孩。

"丽莎，说下去！求你了，你想要告诉我什么？"

但是年轻的女孩哑口无言。看着眼前这一幕，她开始颤抖了起来。

我的耳朵嗡嗡作响。无比熟悉的噪声，还有这种随时会失去平衡的感觉。

"亚瑟！"她叫了起来。

但我的身体已经消失了。

每次都会有那么一点点不同步，我感觉到我的"灵魂"还能在这里多留一两秒。

这一点时间只够我看到丽莎穿着她美丽的长裙在草地上绽放。

长椅旁，"胡萝卜须"[1]扔掉了手里的冰淇淋蛋卷，用力地摇晃着他的妈妈。

"你看见了吗，妈妈？你看见了吗？快说话呀！仙后把她的情人变没了！"

---

[1] 法国作家儒勒·列纳尔的小说《胡萝卜须》中的主人公，是一个长着赭红色头发、满脸雀斑的孩子。

1997 **特别的一天**

> 我的心
> 能够远离心房
> 飞多远？去向何方？
> 我
> 又能够远离自我
> 离开多远？走向何处？
> ——圣奥古斯丁

这一次，醒来的过程很温和，甚至可以说是甜美。

我在热气腾腾的面包的香味中恢复了意识。

睁开眼睛的时候，我正趴在地上，鼻子贴着一块瓷砖。关节没那么疼，偏头痛减轻了，呼吸也很顺畅。我轻松地站起身来，环顾四周。

我认出一台和面机、一台成型机、一个发酵柜，还有一台移动式烤箱，里面正在烘烤甜酥面包。除此之外，我还看到一些麻布袋和纸袋，上面印着：温暖可颂坊——法式烘焙，始于 1974 年。

我掸掉上衣和裤子上的面粉。

我是在一家手工面包店的烘焙室里。

1

楼上有动静。我急忙装了一袋羊角面包和巧克力面包，顺着楼梯溜走，来到大街上。

我走进了一条狭窄的铺着地砖的死胡同。这条街和包厘街垂直，位于小意大利区和诺利塔区之间。太阳刚刚升起，银色的月亮悄悄地消失在高楼之间。一家折扣店的橱窗里，显示器上写着 06:25。

现在，我要试试老办法。我把一枚硬币投进自动报纸贩卖机，《纽约时报》的头版即刻出现在眼前。上面的日期是……1997 年 8 月 31 日。

从上一次旅行到现在，十三个月的时间倏忽而逝。每一次都有意想不到的感觉，每一次都会带来令人难以接受的震惊。睁开眼睛，打个响指，一年的时间就这样被一口吞掉了。

今天早上，头版上是戴安娜王妃的照片。

戴安娜在巴黎的一场车祸中丧生

我叫了一辆出租车，利用路上的时间浏览了这则新闻的前面几行。

威尔士王妃戴安娜于今天零点在巴黎塞纳河边的一个隧道中因车祸去世。

……　……

多家法国电台报道了不列颠王室一位发言人的声明，他对此事深表愤慨。鉴于王妃无论身处何地，总会遭受狗仔队的骚扰，所以这起事故是可以预见的。

…… ……

当我再次来到阿姆斯特丹大道的那幢房子前时，我决定信守之前的承诺。假如这次丽莎拒绝和我见面，我就不再坚持。

确认她的名字还在信箱上之后，我走上楼梯，坚定地按下了门铃。几秒钟之后，我听到有人朝门口走来。接下来，好像有人在门后通过猫眼看了看外面。当门打开的时候，我已经做好接受一切的准备了——甚至包括巧克力腹肌先生的一记上勾拳，或是一根擀面杖的重重一击（尽管丽莎看上去不是那种会在家里放一根擀面杖的女人）。

给我开门的是丽莎。看到我的一瞬间，她美丽的脸庞愣住了。于是我摇了摇手中的纸袋。

"我不知道你更喜欢羊角面包还是巧克力面包，所以两种都拿了点儿。"

几秒后，丽莎扑到了我怀里。她紧紧地抓住我，双腿攀在我身上。我扔掉面包，抱住她，用脚关上了门。

2

我的头枕着她裸露的腹部。

从我进入这间公寓开始，已经过去了一小时。

当一切重归平静之后，丽莎抚摸着我的脖子和头发。

"还记得上次我们说的话吗，就在你消失之前？"

"当然，你那时想要和我确认一件什么事。"

"亚瑟，我想，在你第一次旅行的时候，我就在圣帕特里克大教堂。"

我弹了起来，坐在床上。

"你确定吗？"

她拉起床单，遮住胸部。

"那是在1992年7月16日，对吗？"

我点点头。

"那时我刚搬到纽约，住在莫特街一间肮脏的公寓里。那天傍晚，我和室友一起去第五大道逛街，你肯定想不到，我当时的室友是个虔诚的天主教徒！"

她弯腰去捡一瓶放在地板上的矿泉水。

"对那时的我来说，教堂真的非常无聊。但就在圣帕特里克大教堂对面，有一家特别棒的'维多利亚的秘密'专卖店……在我试穿内衣的时候，我室友突然坚持要去参观大教堂，她一去不回，我只好去那儿找她。我远远看到一群人聚集在祭坛周围。当我走到教堂中间的过道上时，两个警察突然冲了进来，开始追赶一个只穿着一条粉色圆点内裤的男人。现在我可以肯定，这个男人就是你！"

这番话让我哑口无言。但丽莎看上去却很高兴。

"简直难以置信，不是吗？"她大笑着说道，"我真是迫不及待想要把这事讲给你听！"

"如果是巧合的话，这也太巧了吧。"我回答。

"很显然，这不是巧合！让我告诉你这意味着什么。这就是说，我也是你故事的一部分！是灯塔把我们两个连在一起的，你和我！就像它把苏里文和莎拉连在一起一样！"

这个想法让她感到兴奋，却让我感到害怕。

"那么，苏里文告诉你他那个故事的悲剧结尾了吗？"

"他说了，但我们一定能打破这条诅咒！"她十分自信地回答。

突然间，我开始有些怀疑自己。我想，苏里文的警告也许并没有错。

但是这时，丽莎掀开了床单，向我展示她那美丽的身体。她舒展四肢，伸出双手轻轻抚过我的胸膛和脖子，手指沿着我的后背缓缓移动，滑过我脊椎的曲线，抚摸着我的臀部，要我再一次进入她的身体。

再次与她合而为一的时候，我把苏里文的警告抛在了脑后。

3

尽管没有明说，但我清楚我们已经达成了共识：活在当下。

不让此刻的美好被沉重的过去或是无法预见的未来所影响。

其他任何事对我们来说都是浪费时间，只有上帝才知道我们是多么想念彼此。因此，这一天应该用来做唯一值得去做的事情：相爱。

我们纠缠在一起，不想离开床半步。

09:00

我准备好早餐：两杯加了奶的咖啡，还有从温暖可颂坊里偷来的美味面包。面包屑掉在床单上，阳光洒在黄澄澄的煎蛋上。

10:00

　　丽莎把家里所有 CD 都放在床上，用桌上那只小小的高保真音箱把她最喜欢的歌曲放给我听。今天，我第一次听到了电台司令乐队在《没有惊喜》里的即兴演奏，循环播放的还有流亡者乐队演唱的《一曲销魂》和《悲欢交响曲》，里面的叠句令人眩晕。

11:00

　　发掘一些时下的电视剧。《老友记》是可爱的开胃菜，接下去是两集好笑的《宋飞正传》和一集《急救》。最后这部片子我很喜欢，它让我有点儿怀念在急诊室工作的时光。

14:00

　　我帮丽莎排练一出她即将在林肯中心表演的话剧。
　　"爱情是叹息吹起的一阵烟，恋人的眼中有它净化了的火星，恋人的眼泪是它激起的波涛。"
　　《罗密欧与朱丽叶》，第一幕，第一场。

16:00

　　那套烹饪书还放在厨房架子上，这让我很激动。它是我的忠实伙伴，有了它，我才能近乎完美地呈现那道蜜汁鸭胸。我问丽莎午饭想吃什么，然后又用超乎常人的毅力从爱巢中走出来，去街角一家杂货店买了些食物。回到公寓后，我开始准备番茄肉糜焗千层面。说实话，我做得离好吃还很远，但爱情是盲目的，丽莎告诉我，这是她这辈子吃过的最好吃的千层面。

18:00

　　对两个成年人来说，这个浴缸实在是太小了。但我们彼此依偎，几乎要融为一体。收音机里播放着得克萨斯乐队、艾拉妮丝·莫莉塞特和卡百利乐队的音乐。在泡泡浴的朦胧水汽中，丽莎翻阅着最新一期的《服饰与美容》，而我则浏览着旧的《新闻周刊》和《时代周刊》，迫切地在过去几个月的报道中觅食，同时被这个时代的大人物和大事件深深困扰：比尔·盖茨，世界的新主人；人们对气候变暖的担忧；奇怪而又新鲜的互联网；图派克·夏库尔在拉斯维加斯中弹身亡；比尔·克林顿再次当选总统；英特尔芯片对经济产生的革命性影响；国家经济的复兴和与之相伴的不平等，等等。

20:00

学习时间。我准备了两杯绿茶，丽莎穿着我的衬衫。我们紧紧挨着躺在床上，手里各拿一支笔，两人有不同的分工。

她需要围绕 24 这个数字列出一张清单，妄图破解灯塔的咒语。比如说，一天有 24 小时，24K 纯金，电影一秒钟有 24 帧，《圣经》中耶稣基督 24 次治愈了疾病，人体由 24 种元素构成……

我需要填写一张她为我准备的普鲁斯特问卷，好让她能够更好地了解我。

23:00

"恩潘纳达 – 帕帕斯"是一家位于两排房子之间的塔帕斯酒吧，拥挤喧哗，但同时供应美名远扬的烤肉饼。我坐在一张桌子前，丽莎拿着两瓶刚从吧台点的科罗娜啤酒，从人群里挤了过来。

她的笑容，她的优雅，她钻石般耀眼的光芒。为什么我没有早点儿遇到她？为什么我们不能过正常的生活？在稀疏的光线下，她身上的机车皮衣泛着焦糖色的光，衬着她美丽的蜜糖色头发。她把酒瓶放在桌上，坐到我身边。

这一整天，我一直神魂颠倒，每时每刻都感觉我们的动作协调一致，我们的笑容互相映衬，我们的头脑同步运转。

然而，墙上挂着的一只墨西哥骷髅钟不紧不慢地走着，嘀嗒嘀嗒的节奏一直在提醒我，分离的时刻越来越近了。

记住，时间是个贪得无厌的游戏高手。

它无须弄虚作假，却逢场必胜！

这就是时间的法则。

突然间，我的脑海中浮现出小时候在法语课堂上学来的波德莱尔的诗句，它们从未像此刻这般贴切。

命运怎能如此残忍，要我遭受这样的惩罚？

早上 05:00

卧室还沉浸在月光苍白的清辉中。我绝望地睁开眼睛，心里很害怕。我小心翼翼地从床上起身，没有弄出半点儿声响。

我穿好衬衫、外套、长裤、鞋子，全副武装，做好出发前的准备。

我感觉到丽莎就在我身后。我原本希望她还在熟睡。

她把手放在我的肚子上，吻着我的肩膀和脖子。

"我不敢相信你真的要走了。"她一边说一边把我推到小写字台旁边的柳条椅上。

她爬到我身上，解开了睡衣。

我的双手轻轻抚过她胸部的曲线，朦胧的光线穿过房间，整个屋子笼罩在昏暗的幽蓝色之中。她的手指拨乱了我的头发，火焰般的双唇热烈地寻找着我的嘴唇，然后她抬起身体，挺起胸，迎合着我，有规律地来回摆动。

她缠在我身上，头向后仰，在我身上不断起伏，双眼紧闭，朱唇微启。

我的手指从她的嘴唇滑到了胸口。突然，我的思维变得有些恍惚，同时感到严重缺氧。越来越明显的刺痛让我的动作变得有些僵硬。我的视线开始模糊，橙花的气味轻轻地刺激着我的鼻孔。

不，不要现在！

她的节奏越来越快，我紧紧扶着她的腰部，用尽全力想抓住这一切：抓住她的呻吟，抓住她皮肤上香粉的味道。

无论付出什么，让我再多存在几分钟吧！

就在这里，就是现在。

丽莎盯着我的眼睛，我感到她的身体在痉挛。高潮浸没了她，让她颤抖不已。

这一刻，她张开嘴，喊着我的名字。

但是，我已经不在那里了。

我究竟犯了什么罪，要付出如此沉重的代价？

我所做的一切究竟是为了补偿怎样的错误？

1998　会消失的男人

在不需冒险的征途上，人们只会让弱者前行。

——赫尔曼·黑塞

　　有时候苏醒的过程很困难，但这一次醒来的却很平静，周围满是秋水仙、欧石南和玫瑰的香味。我恢复意识之后，发现自己正躺在一块刚刚修剪过的草坪上。

　　我揉了揉眼睛，站了起来，活动了一下肩膀。现在是清晨，有点儿冷。我的钱还在外套口袋里，但裤子的扣子被解开了，两只裤腿掉到了脚踝。我赶紧把裤子提起来。

　　太阳还没有升得太高，秋日的阳光给树木染上了一层火焰的颜色。我是在城里某幢别墅的美丽花园里。

　　我在台阶上捡到一份用塑料纸包裹着的报纸，应该是送报纸的孩子几分钟前送来的。我看了下地址——靠近格拉梅西公园，还有日期——

今天是 1998 年 10 月 31 日，万圣节。

这片田园风光并没有维持多久。突然，两条凶恶的短毛狗的吠叫声打破了这片宁静。它们扑向我的双腿，我赶紧翻过栅栏，重重地摔到了另一边。我成功躲过了它们的追赶，但腿肚子上被划了一道口子。

1

我叫了辆出租车，直奔阿姆斯特丹大道。上楼。按了很久的门铃。丽莎开门时满眼的惊讶。发现没有其他男人在公寓里时自私的欣慰。我们重聚的困难。要克服生活里这道可怕的鸿沟。要超越眼下的无情。

每一次，我都无法把自己放在她的角度考虑问题。我知道应该留给她多一些时间来接纳这种状态，可我们的感觉注定无法同步。她已经一年多没见过我了，而我却觉得才离开她几个小时……

因为我是那个会消失的男人，那个没有未来的男人，那个用虚线勾勒出的男人，那个热衷于生活却无法做出承诺的男人。他应该在生命中走马观花，应该为每一天注入云霄飞车般的速度，他应该把时间拉伸，为他走后的日子留下更多回忆。

2

我是那个会消失的男人，但我也是那个记得一切的男人。

和以往一样，一天的时光一闪而过——在甜蜜中，在急迫中，在我们对终将失去彼此的担忧中。

我记得万圣节期间那些用来装饰窗台和花园的鬼脸南瓜。

我们在联合广场旁边的一家书店里读了艾米莉·狄金森的诗。

毕士达喷泉前的萨克斯手在演奏《再见黑鸟》。

在麦迪逊公园排队，为了尝一尝"摇摇小屋"的汉堡。

在桑树街一块带围栏的场地上，我和一个比我高二十厘米的人打篮球对抗赛。

我记得去往布鲁克林的悬挂式轻轨上那对争吵的情侣，可他们看上去如此相爱。

康尼岛摩天轮上丽莎的笑容。

我把一束头发撩到她的耳后。

从海边吹来阵阵凉风。

卖冰淇淋的小贩把香草甜筒浸到热巧克力酱里。

在布莱顿海滩等待日落时抽的香烟。

回曼哈顿的旅程。

我们在路上遇到化了妆的孩子敲响各家的门，大喊："不给糖就捣蛋！"

我记得哥伦比亚大学附近的这家熟食店，老板声称自己做的五香熏牛肉三明治是全市最好的。

上西区的老电影院在放映卓别林的电影。

我记得当我幻想这一天永不结束时那浓重的痛苦。

清晨时分，时间无奈地从我身边消散。当剧烈的电流冲击着我的大脑时，我记得自己在那一刻想的是，我的生活不能再这样继续下去。

她的生活也不能。

1999 幽灵船

> ……大多数有点儿判断力的人都知道，
> 爱情会随着时间流逝而改变。
> 根据我们为之付出的精力的多少，
> 我们或是拥有爱，或是追逐爱，或是失去爱。
>
> ——科伦·麦凯恩

首先是寒冷。

一阵仿佛来自极地的寒风。我的脸一阵发麻，手脚僵硬。冰冷的气流钻进衣服，刺透我的皮肤，直抵骨髓。

然后是味道。

鱼干、海带和汽油散发出来的味道。这股混合的恶心气味涌进我的喉咙，让我忍不住想呕吐。我还没站起身，就感到阵阵反胃，我吐了一口苦水，咳嗽得喘不上气来。但最终，我还是站了起来。

焦虑攫住了我的胸口。每一次醒来都同样惶恐，因为我不知道自己身在何处，也不知道前方有怎样的危险在等着我。

我睁开双眼，面前是一片既壮丽又荒芜的景色。

天还黑着，但是远方天空的颜色已经渐渐变得明亮起来。目光所及之处，只有一些漂浮物，它们是锈迹斑斑、尺寸各异的船只——古老的蒸汽船、货轮、桅杆交错的帆船、渔船、水上出租船、驳船，甚至还有一艘破冰船。

成百上千只船在船舶墓场慢慢死去。

1

我真的想不出这是哪里。

我极目远眺，没看到我所熟悉的摩天大楼的任何痕迹，只看见几台吊车、工厂里的烟囱以及炼油厂里熊熊燃烧的火焰。

这里显然不是世界上最好客的地方。附近甚至没有一点儿人类活动的迹象，只有汩汩的水流声、缆绳绞动的咯吱声，以及在黑蓝色天空中盘旋的海鸥的叫声，这些声音打破了四周的静谧，却毫无生气。

我浑身哆嗦，连牙齿都在打战。天冷得让人难以忍受。我只穿了一条棉布长裤、一件马球衫和一件对这样的天气来说太过单薄的外套。寒风如刀片一般划过我的脸庞，眼泪流了下来。

为了暖和起来，我把手伸进胳肢窝，又试着往手里哈气，但都不怎么管用。假如一动不动，我恐怕很快就会冻成冰棍了。

我的双脚陷在泥里。四周见不到一个码头。这里不是造船厂，而是一个航海垃圾堆，被废弃的船只只能待在这一片死水中渐渐老化。

一幅世界尽头的景象，令人陡然生出末日的感觉，悲惨又可怖。

离开这里的唯一方法就是沿着海滩走。我把那些幽灵船的影像抛在身后，在烂泥地里走了百十来米，看见一座通往沙滩的浮桥。

我浑身都冻透了。

为了避开从正面吹来的海风，我只得低着头往前跑。

才跑了几步，我的肢体就已经没有知觉了，但肺里却好像有一团火焰在燃烧，每一次呼吸鼻孔和喉咙都像灼烧一般疼痛。

很快，我的四肢都冻麻了，甚至连思考都很困难，仿佛头脑也被冻住了。

我跑了二十多分钟，终于来到一片有建筑的区域，那儿坐落着几幢铺着彩色盖板的二层小楼。我来到第一幢楼前，一位老人裹着大衣，正在草坪中央焚烧枯叶。

"迷路了？"他问道，一边朝我走来。

老人戴着一顶牛仔宽檐帽，长胡子被烟草熏黄了。

我弯着腰，双手撑在膝盖上，咳嗽得厉害。我感到头晕目眩，心跳快要停止了。

"这是哪儿？"我上气不接下气地问。

老人挠了挠头，像西部人一样嘴里嚼着烟草。

"我们在哪儿？好吧，我们是在维特海岸的船舶公墓。"

"具体是哪里？"

"罗斯维尔，史坦顿岛。"

"曼哈顿离这儿远吗？"

"那座大都市？好吧，先要坐一个小时的公共汽车去渡口，然后乘渡轮跨越海峡……"

我心慌意乱，完全被冻傻了。

"你看上去情况不太好，孩子，"他察觉到了这一点，"想不想先进来暖暖身子，喝杯热酒？"

"非常感谢您，先生。"

"叫我扎卡里就行了。"

"我叫亚瑟·科斯特洛……"

我跟着他进了屋子。

他提议："我先给你找几件尺寸合适的衣服。我这里有满满一柜子衣服，都是我儿子的。他叫林肯，以前是红十字会的志愿者，但两年前遇到车祸死了。你和他长得有点儿像……"

我再次道谢。

"今天是星期几？"我走上台阶时问他。

"星期五。"

"日期呢？"

他吐了一口嚼烟的汁水，耸了耸肩。

"好吧，你要是听新闻，就会发现今天是世界末日。"

我有些不解，不禁皱起了眉头。他继续说道："午夜的时候，所有机器都会发疯。他们说电路上的日期有个错误。我就只知道这些，但其实也没什么大不了的。"

我完全听不懂他在说什么，但当我走进起居室，看到电视屏幕下方的大标题时，我立刻就明白了。

今天是 1999 年 12 月 31 日。

"世界末日"的前夜。

2

赶到丽莎家的时候，我发现大门紧闭。离开史坦顿岛，又穿过曼哈顿来到晨边高地花了我不少时间。每逢节假日，都会有成群结队的游客拥向纽约，千禧年的庆祝活动当然也不例外。城里遍布警察，时报广场周围的很多道路都实行了交通管制，让整个中城区陷入了严重的交通拥堵。

可我爱的女人却不在这里。

或者说，她无处不在。在 1999 年的末尾，丽莎的侧影出现在一张为 CK 品牌拍摄的黑白照片上，纽约所有能打广告的地方都看得到她。我和公交车站及电话亭的有机玻璃广告板上的她擦肩而过，接着我又看到她被印在公交车车身和出租车车顶，在这座城市里穿行。这是一张简洁唯美的照片：丽莎在汉普敦的一片海滩上尽情地舒展肢体，头发湿漉漉的，裸露的胸口被一只文胸半遮半掩着。

我侧着耳朵，想要听到雷明顿的叫唤。但小猫好像也不在公寓里。

为了弄清楚到底是怎么回事，我用力捶了好几下门。

"别激动！你看到了，小姑娘不在家！"

楼上那位戴着发卷、嘴角泛着唾沫的老邻居莉娜·马尔科维奇从门里探出头来。雷明顿从她身后伸出脑袋，然后跑过来蹭着我的腿。

"您好，马尔科维奇夫人。是您在照顾丽莎的猫吗？"

"观察力真敏锐，年轻人！"

"您知道她去哪儿了吗？"我把小猫抱了起来，问道。

"她出去度假了。而我，靠我的退休金，我可没法……"

"她去哪里了？"我走到她面前，打断了她的话。

老太太摊了摊手。

"去海岛了。"

"海岛？什么海岛？"

"我知道的就这么多了！"

这个老女人彻底激怒了我。与船舶公墓的管理员扎卡里相比，她是绝对的反例——一位陌生人曾那样不遗余力地帮助我，而身为邻居的她却如此冷漠。

"丽莎肯定给您留了电话号码吧？"我坚持道。

马尔科维奇摇了摇头，但是我知道她一定是在骗我。我向前跨了一步，强行进入她的公寓。她试图拦住我，但我毫不犹豫地把她撞到了一边，顺手把门关上，让她穿着睡衣和拖鞋待在外边。

这套公寓是一套两居室的房子，旧得快要发霉了。五十平米的空间全都凝固在 20 世纪 70 年代的气息之中——发黄的亚麻色地板，几何形状的墙纸，塑料贴面的家具，人造革沙发。电话机放在门厅里一个树脂包裹的架子上，旁边放着日历、活页本、带索引的小本子和很多便利贴。其中一张便利贴上有我要找的信息：伊丽莎白·埃姆斯，蓝色礁湖度假村，茉莉雅岛。后面有一串十二位的数字。

茉莉雅岛。我盯着这个名字看了好一会儿，想要弄明白这究竟意味着什么。

这意味着丽莎现在正在法属波利尼西亚。

这意味着我今年没办法见到她了。

不！

我拿起电话，拨通了那串号码。

"蓝色礁湖度假村，请问您需要什么帮助？"一个声音用法语问道。

"我想和伊丽莎白·埃姆斯女士通话。"

"当然，先生，但是……您是从美国打来的，对吗？因为时差的关系，这里是早上五点，所以……"

"没关系，请把她叫醒。我的电话非常重要。请您告诉她，是亚瑟·科斯特洛打来的。"

"好的，先生。"

等待前台回复的时候，我看到房门在随着敲门声抖动。透过猫眼，我看到正如我担心的那样，莉娜·马尔科维奇在她家门前集合了一大群邻居。我竖起耳朵，听到那些人不约而同地嚷嚷着："叫警察！"

"亚瑟？你在曼哈顿？"

我闭上了眼睛。听到丽莎的声音，对我来说既是一种安慰，也是一种痛苦。

"我在你家，更确切地说，是在你讨厌的女邻居家。四个小时之前，我在纽约州最穷的角落里醒来。我太想见到你了！可我现在非常失望！"

"听我说，我……"

我立刻从她的声音中听出有什么地方不对劲。没有热情，没有激动。她此刻的心情并不像我这般急切，对此我几乎可以确定。我感到愤怒涌了上来。

"我能知道你在波利尼西亚做什么吗？"

175

"我和剧团的人在一起，我们想在阳光下庆祝新年。"

我的内心在翻腾。她明明知道我随时会回来，却选择去世界的另一端度假？所以，她是故意要和我错过吗？

这个想法从我嘴里冒了出来。

"我不懂。你明知道我很快就会回来，却跑出去玩？无论如何，你可以等我的！"

这一次，她提高了嗓门。

"你到底想要怎样？想要我仅仅作为附庸而存在？想要我放弃所有的社交生活？想要我把自己关在家里乖乖等着一年之中唯一可以和你在一起的那一天？我等了你十四个月，亚瑟！十四个月！"

我叹了口气。我的大脑当然能理解她的想法，但我的心却裂成了碎片。

突然，我听到——或者说我相信自己听到了——她身后传来一个男人的声音。

"你不是一个人？你和别的男人在一起？在同一个房间里？"

"我想这和你没关系。"

突然间，我感受到一种疯狂的嫉妒，这完全是一种新的体验——我从未如此自我过。

我爆发了。

"怎么会和我没关系？我想我们是在一起的，我想你是爱我的！"

丽莎沉默了好长一段时间。

"我从来没对你说过我爱你，亚瑟。而且就算是这样，我也看不到我们的出路在哪里。爱你只是受罪。爱你，比成为犯人的妻子还要糟糕，因为就算你是犯人，至少我还能去探监。爱你，比成为军人的妻子也更糟糕，因为就算你当了兵，至少我还能期盼你休假！"

窗外响起了警笛。我探出身子，看到两辆警车停在人行道上。许多警察从警车里拥出来，冲进大楼的门厅。

我无法控制自己，重复着丽莎以前说过的话。

"是你说灯塔把我们联系在了一起，你自己也是我故事的一部分！"

她被激怒了。

"那好，我搞错了。你到底想要我说什么？这不是我第一次失去理智地爱上一个男人。上一次我差点儿死了，我想你很清楚。"

一阵咚咚的敲门声让我抬起头来。那群警察正在捶打房门，命令我开门。就在这时，丽莎给了我致命一击。

"亚瑟，你不能要求我停下自己的生活去等你。我不想再见你了，再也不想了。我帮不了你，我也不想再这样痛苦下去了。"说完，她挂断了电话。

我愤怒地把塑料电话机摔在架子上。这时，门打开了，两名警察冲向我。

我没有反抗，任由他们质问我，然后把我铐了起来，带下楼梯，来到人行道上。

"又是一个想在监狱里跨年的蠢货。"其中一位警察说道，把我塞进了福特皇冠车的后座。

他没有说错。

今年已经结束了。

2000　俄罗斯浴室

> 他看着一览无余的海面，
> 明白此刻自己是多么孤独。
> 然而，
> 他已经能看到黑色深海里的折光了。
> ——欧内斯特·海明威

又是刺骨的寒冷。

冰冷的风钻了进来，穿透身体，叫人动弹不得。

我从头到脚都在发抖。呼吸断断续续，嘴唇冻僵了，头发湿漉漉的，脸上覆盖着一层薄冰。

我竭力睁开眼睛，试图站起来，却一下子滑倒了，鼻子栽进了……一堆积雪中。

我抓着楼梯扶手重新站了起来，眯着眼睛，看清了街道的名字。

这是纽约东区一条很少有人经过的人行横道，在 A 大道和汤普金斯广场公园交叉口。

曼哈顿竟然会有如此安静的时候，真让人惊讶。环顾四周，整座城市都掩盖在珍珠岩般的冰雪地毯之下。厚厚的积雪上方，天空呈现出一片灰珍珠色，雪花还在纷纷扬扬地飘落。

1

幸运的是，我包裹得很严实。我一直穿着那个叫扎卡里的船舶公墓管理员送我的衣服——红十字会的大衣、套头毛衫和一双毛茸茸的靴子。不过，我穿越前的记忆并没有那么愉快和温暖。我当时在第24辖区的一间牢房里，和一群醉汉还有瘾君子一起度过了新年夜。没有香槟，但我头疼得厉害，还感到恶心，就像是宿醉初醒。

我小心翼翼地往那条与人行道垂直的街上走了几步。一位理发师手里握着铁锹，正在清理店门口的道路。我竖起耳朵，仔细听他随身携带的收音机里传出的新闻报道。

刚刚袭击了东北部的暴风雪是近五年来最严重的一次。在纽约，白天的降雪量达到了35厘米，挖掘机已经开始清理城市的交通干线。市长鲁道夫·朱利安尼宣布将紧急开启市内三个主要机场，但是布鲁克林和皇后区的许多居民依旧面临断电的问题。这场降雪也给明天的新年庆祝活动造成了阻碍……

突然，我顿住了。对面的人行道上，一个裹着厚厚的呢大衣的男人向我做了个手势。一开始，我并没有认出他。他戴着一顶大裘皮帽子，还围着一条一直包到眼睛下面的围巾，像风雪帽一样。他朝我大声叫道："嘿！你好，孩子！再见到你，我真是太高兴了！"

2

我们拥抱了整整两分钟。

重新见到苏里文让我感觉很好。过去三年来，我想念他的程度比我愿意承认的深切得多。

"你什么时候回来的？"他把两只手搭在我的肩膀上问道。

尽管经历了那疯狂的二十四年，他看上去依旧神采奕奕，步履轻快，身姿矫健，眼神清澈而锐利，浓密的胡须修剪得很整齐。

"就刚刚，"我回答，"我醒来时就躺在这条路尽头的人行道上。"

"看到了吗？世上从来没有偶然的事！"他开心地说，"快跟我来，这鬼地方可真冷！"

"我们要去哪儿？"

"去纽约唯一一个不会让屁股冻成冰块儿的地方！"

我跟着他来到110街的一块招牌前：俄罗斯与土耳其浴室。

这是一家位于下东区的老店，有一百多年的历史。我听说过这里，但从未想过会踏进去一步。而苏里文似乎是这里的常客。他用俄语向那个叫伊戈尔的前台打了声招呼，那人身高得有两米，身材干瘪消瘦，穿着一件传统的亚麻绣花衬衫，正在用一把二十厘米长的刀雕刻一块木头。一看到我祖父，他就把刻刀扎在柜台的木头桌面上，走过来招呼我们。

他把浴袍、毛巾和拖鞋递给我们，然后带我们来到更衣室。由于天气太冷，浴室里几乎没什么人。换完衣服，我跟着苏里文穿过迷宫般的过道和装饰精美的楼梯，经过土耳其浴室、按摩浴缸、汗蒸房和理疗房，最后抵达全店最著名的房间——"俄罗斯浴室"。房间很大，里面配了一台巨型热石炉，四下弥漫着干燥的热气。只用了几秒钟的时间，我就感到浑身舒畅。在热气的作用下，我的毛孔渐渐张开，鼻孔也通了，血液似乎被注入了新的活力，淌遍我的身体。

苏里文坐在最高也最热的一级石头台阶上。

"我想先告诉你，"他向我招了招手，让我坐到他旁边，然后继续说道，"现在丽莎不在纽约。"

我丝毫没有掩饰内心的失望。

"她在威尼斯给一个珠宝品牌拍照。"

威尼斯……

尽管丽莎已经不再愿意作为我生活的一部分，但得知她在七千公里以外还是给了我重重一击。见我不说话，祖父便跟我挑明了："她都告诉我了。相信我，你们做了一个明智的决定。"

"其实她没有真正给我选择的机会……"

热气在浴室中升腾。我看了眼挂在墙上的温度计，上面显示房间里的温度将近 90 度。

"这个女孩，让我一见钟情，"我揉了揉眼睛，"她三心二意，娇生惯养，反复无常，爱发脾气……"

苏里文——他比我更加了解她——忍不住笑了出来，而我却出乎意料地流下了眼泪。

181

"妈的，我再也见不到她了！真让人受不了！"

祖父有点儿不知所措，只能递给我一块毛巾。

"把这一页翻过去吧，亚瑟。"

"太难了。"我边擦着脸边说道。

"我知道，但你也要想清楚。你不能要求她等你，也不能要求她一直对你忠诚。向别人提出这种要求是不人道的。"

终于，我认输了。

"你说的没准儿是对的。"

我闭上眼睛，沉浸在源源不断的热气中。

"可你成功地俘获了莎拉的爱。"我说。

苏里文耸了耸肩，深深地叹了口气。每当回忆起过去，他就会变得眼光闪烁、脸色消沉。

"这是另一个女人，另一个时代，另一代人。看看它给我带来了什么——我杀死了我的爱人，也无法拯救我的女儿。"

我知道他的往事，也知道这个悲惨的结局。但是今天，当他再次说起这个故事时，我忽然想起一件事。

"你是怎么说服莎拉等你的？你如何做到让她在见不了你几面的情况下依然爱你？"

他站了起来，用两只宽大的手掌给自己扇风。我以为他准备回答我的问题，但他却提起一只装满冰水的小木桶，把里头的水一股脑浇到我身上。

"神清气爽，没错吧？"

我大叫一声，他哈哈大笑起来。

　　我有些恼火地瞪着他，这时，突然闯进来两个巨人。他们都是俄罗斯人，剃着光头，从头到脚布满文身，只穿了短裤和无袖T恤。

　　"按摩时间到了！"苏里文宣布。

　　虽然很疑惑，但我还是照着苏里文的样子弓起身体。所谓按摩，是先在身上用力涂抹橄榄油，接着用橡木和白桦木做的软木条在身上抽打。我刚开始比较抗拒，后来还是接受了这顿"鞭打"，直到身上散发出清新自然的味道。我和祖父接着聊，他已经躺到旁边的桌子上去了。

　　"过去三年你都在干什么？"

　　"我赚了很多钱。"

　　"真的吗？因为炒股？"

　　他哼了一声，算是肯定。

　　"1995年，我把三根金条全卖了，然后把所有钱都投了进去。只用了五年时间，纳斯达克指数就翻了五倍。今年年初，在股市崩盘之前，我把手里的股票全抛了。"

　　"这是经济危机吗？"

　　"不是，只不过科技产业的泡沫破灭了而已，而我仅仅是预见了这一切。凯恩斯曾经说过：'大树永远无法触及天空。'投资潮还会继续下去，但对大多数盲目的投资者来说，一切都泡汤了。"

　　他冷笑了一下，继续说道："这些蠢货！无论如何，他们都要再过五年才能明白自己买卖的那些东西终将烟消云散！刚刚进入市场的人永远都不会赢利，而那些美好的希望……"

　　"那你为什么能赚钱？因为你比其他人更狡猾？"

　　"千真万确。"他用满足的语气回答。

"那这笔钱呢，你打算怎么花？"

"我会留给你。"

我苦笑了一下。

"我可花不了那么多钱。"

"不要看不起金钱，亚瑟。金钱是自由的度量表。你的生命还远远没有结束，相信我的经验——生活中总有那么一刻，你会发现有一笔钱对实现一件事情来说至关重要。"

3

"这是给你的。"祖父递给我一本护照。

当我打开印着我照片的证件时，我立刻想起了斯坦，那个在字母城专业伪造证件的人。

"这是一张百分之百的假证，对吗？"

"没错，"苏里文说，"做得真漂亮，几乎和真护照一模一样。"

洗完澡之后，我们一起回了"家"。整整一下午，我都待在壁炉前，专心看电视新闻，翻阅旧报纸。我得知了弗兰克·辛纳屈、斯坦利·库布里克、乔·迪马吉奥和耶胡迪·梅纽因的死讯；我读到哥伦比亚一所高中发生的枪击案的报道，感到一阵发自内心的恐惧；我知道比尔·克林顿在莱温斯基事件中逃过了弹劾，并且在几天前，经过五周的重新计票，这个国家选出了一位新总统——乔治·W.布什，他是另一位布什的儿子……

现在是下午六点。我们在"鲁斯和女儿"门口排队，这是一家位于东休斯敦街的犹太美食店，按苏里文的说法，他们家有全市最好吃的百吉饼。

"下一位顾客，请到这边！"

我走到柜台前，由于实在太饿，肚子发出咕噜咕噜的响声。我点了两只芝麻百吉饼，配三文鱼、续随子、洋葱和奶酪。然后，我和苏里文坐到入口处的一张小桌边。

坐定之后，他拿出一张二十四风向灯塔的旧地图摊平。

"过去这几年，我对灯塔的历史、结构和建筑设计都做了系统的研究。为了最大程度地理解降临在我们身上的这种诅咒，我读了所有材料。"

"那你有什么发现吗？"

"严格来说，没有任何发现。真是太悲惨了。这也证实了我一直以来的想法——我们永远无法打破这个诅咒。"

"我不会听天由命的。"我说，一边用牙齿撕扯着百吉饼。

"你可以做自己想做的任何事情，但这场战争从一开始你就已经输掉了。我不确定这样浪费时间对你来说是不是最好的选择。"

他吞下一块醋渍青鱼，接着说道："我认为，灯塔是生命的一个隐喻。更确切地说，是命运的隐喻。而你无法和命运抗争。"

我吃完了第一只百吉饼，开始掰第二只上面的芝麻吃。

"我不相信命运。"

"我说的命运更像是一种永恒的'万物的秩序'。你知道古代哲学家们是怎么定义命运的吗？"

我摇摇头。他说道："正是因为万事万物都遵循这一法则，过去的才会消逝，现在的才会发生，未来的才会到来。"

"我永远都不会相信命运是预先设计好的。如果是这样，那世界就太简单了：不会有个人责任，不会有犯罪，不会有教唆行为……"

苏里文开始说教。

"有些事情会发生，是因为它们应该发生，而唯一避免经历这些事情的办法就是接受现实并学会妥协。"

我有些疑惑。我感到在这些漂亮句子背后，苏里文其实是在回避真正的问题。

于是我转向另一个话题。

"你从来就没有想过，在我们身上发生的事情更像是一种惩罚吗？"

"一种惩罚？"

"用来补偿我们犯下的错误。"

他把目光转向窗外，望着这座白雪皑皑的城市。在冰雪覆盖之下，它那股蓬勃的冲劲被冻结了，仿佛一艘停泊的帆船。

"那我们到底犯了什么错误呢？"祖父问道。

对于这点，我一无所知。

4

回到家后，苏里文往壁炉里添了一大块木柴，给我们俩各倒了一杯雪莉酒，然后点燃一支雪茄。

整个晚上，他都在向我灌输互联网的魅力。一台彩色电脑，连着一个塑料蛋壳形状的东西，他在一刻不停地操作这些机器，教我怎么上网，怎么发邮件。

后来，他又给自己倒了一杯酒，蜷在沙发上睡着了。我戴上耳机，在网络世界里探索了一整夜。我创建了自己的电子邮件账户，听了些时下的流行音乐——卡洛斯·桑塔纳令人晕眩的《玛丽亚，玛丽亚》，红辣椒乐队的《加州靡情》，U2 的《美丽的日子》，还有一位叫埃米纳姆的说唱歌手的《斯坦》。在线报纸网站很有趣，我在上面逗留了好几个小时。论坛里的人们在谈论哈利·波特，还有科学家最近发表的一篇关于人类基因解密的论文。当我开始浏览红袜队（我最喜欢的棒球队）的网站时，太阳出来了。

苏里文醒了。我们一起吃了早饭，然后我洗了个热水澡，换了身干净衣服，穿上高级鞋子，还有我那件红十字会大衣。

"别忘了带上钱！鬼才知道你会在哪里醒过来。"苏里文建议。他打开保险箱，往我口袋里塞了一沓五十美元的钞票。

我做好了离开的准备，端坐在沙发上，像一名待命升天的宇航员。

"我们明年再见，好吗？在我这个年纪，时间可是很有限的。"苏里文低声说道。

"没问题。"我回答，"在我这个年纪，时间过得太快了。"

"你一定要穿这件红大衣吗？"他用嘲弄的口吻说道，想要冲淡笼罩着我们的离愁别绪。

"我很喜欢它……"

橙花的味道弥漫开来，我鼻孔发痒，胃里一片翻江倒海。每一次离去的瞬间，我都要重新感受一遍这种悲伤，以及不知道自己将会在何处醒来的痛苦……

"你最不喜欢的一次着陆是在哪里？"我问苏里文。

他挠了挠头，回答说："1964年夏天，在哈莱姆区，那儿正好发生了一场骚乱，一个该死的警察给了我一警棍，现在还留着疤。"

我整个身体开始剧烈摇晃，我听到他用责备的口气说道："你的发型是爆炸头吗？亚瑟，你应该明白，穿越这件事和保持应有的优雅一点儿都不矛盾……"

2001 **双塔**

在生命中的任何时刻，
两个人想要的很难是同一件东西。
有时，
这可谓是人生最残酷的一面。
——克莱尔·吉根

1

我被食道里一股灼热的反酸呛醒了。

胃里像着了火。

我睁开眼睛，看了下手表。刚过六点半。清晨的几缕阳光透过百叶窗溜了进来，我听到身边有个男人在打鼾。

是菲利普，我想……也可能是戴米安。

我感到有些恶心，还夹杂着偏头痛，脑子乱作一团。我小心翼翼地从床上爬下来，捡起胸罩、牛仔裤、上衣和夹克，然后冲进浴室，洗了个冷水澡——从莲蓬头喷出的水几乎是冰凉的，这是一种用来代替电击的方法，可以让我瞬间恢复清醒，也是我用来惩罚自己的手段。

我用力地往脸上抹肥皂，想要打起精神。更重要的是，我必须理清思绪。此时此刻，我的生活正分崩离析。我早已偏离了航向，驶出了轨道——简直就是胡来。太多酒精，太多约会，太多次拥吻那些一个比一个蠢的男人。

我从浴室里出来，走到起居室，在壁橱中找到一件干净的浴袍。我把自己擦干，飞快地穿好衣服，踮着脚尖回到卧室。我一点儿都不想和那个男人说话，幸好他一直都在打呼噜。

透过卧室的玻璃窗，我看到了音乐堂餐厅的彩色招牌。这儿是块三角地，位于托马斯街和百老汇大街交汇的地方。拿起手包的时候，我慢慢回想起昨天晚上的聚会：一家画廊的艺术展开幕式，之后是诺布餐厅的晚餐，还有街角酒吧的鸡尾酒。

进了电梯后，我拿出手机，查看短信。

生日快乐，亲爱的丽莎！我特别想你。

——妈妈

妈的，我连这都忘了。今天我二十八岁了。

2

天空的蓝色从未如此鲜艳欲滴。

我端着一杯卡布奇诺，沿教堂街往前走。

我借商店橱窗的玻璃理了理头发。今天上午，我要去炮台公园为一本女性杂志拍一组照片。假如我还想继续演话剧和试镜，就只能通过拍照片来赚钱。但我很清楚，不能永远这么下去。这个生日再次向我发出警告。去年，我的电话响得没那么频繁了——这是一个危险的信号，时尚界需要新鲜血液，而我正在过气。

现在是高峰期，人行道上黑压压一片。成千上万的人赶着去上班，男人，女人，白人，黑人，亚裔，拉美裔……如同一次涨潮，一种混合，一股力量。

我在不经意间捕捉到一些对话的碎片：工作、孩子、家庭、心灵、性。早上八点的纽约市，每个生命都是一本小说。

我提前到达约定地点。天空那金属质感的蓝色和徐徐吹过的风给曼哈顿南部带来了令人窒息的美丽。

"你好，丽莎！"

循着声音，我看到了奥德莉·斯旺，她是今天的摄影师，也是我很喜欢的一个女孩。我知道，在我们内心深处，有着相同的宁静和顺从。她二十岁时曾梦想成为一名战地记者，而我在那个年纪则渴望成为梅丽尔·斯特里普。不过今天，我们都是来为拉尔夫·劳伦这个品牌拍摄照片的。

我们给了彼此一个大大的拥抱。

"你从床上摔下来啦？"她问道，"女生可从来不会提前半小时到！"

我和她来到公园中央搭起的化妆帐篷前。她帮我取下身上的物品，同时递给我一杯咖啡。

她也给自己倒了一杯。我们坐在公园的长椅上，一边喝咖啡，一边看着周围来来往往的散步和晨跑的人。

阳光洒在身上，远处是渡轮、自由女神像和爱丽丝岛。我们就这样闲聊了几分钟。

聊心灵，聊性，聊我们的生活。

突然，一个穿着轮滑鞋的年轻人在我们身边停住了。他把手搭在额头上，面朝北方，用一种奇怪的姿势望着天空。

不一会儿，我们也转过身去。

世界贸易中心的一座塔楼正在燃烧。

3

"没什么，肯定是被一架小型客机撞到了。"一个骑自行车路过的人说道。

在接下来的十五分钟里，我除了盯着天空中升起的滚滚黑烟，什么都没做。奥德莉取来她的相机，对准塔尖，连续拍了很多张照片。那座塔楼就在距离我们两百米远的地方。一个晨跑的女人回忆起1993年那场造成六人死亡的恐怖事件，但此刻绝大多数人都以为这只是一次普通的空中事故。

紧接着，另一架飞机出现在天空中。它不应该在那里，也不应该像这样低空飞行。它不可思议地转了个弯，毫不犹豫地撞上了第二座塔楼。

周围响起一阵绝望的叫喊。一场惨剧正在上演，它是如此荒诞，如此超现实，让人一时间不知所措。没过一分钟，人们就明白了——我们不仅仅是旁观者，也是这场悲剧的一部分。意识到这一点后，真正的恐惧开始蔓延。

当大多数人开始朝东面的布鲁克林大桥跑去的时候，我决定跟奥德莉一起深入恐怖袭击的现场。

她手里托着镜头，在不停地旋转闪烁的救护车顶灯射出的光线中，定格住了惊愕、恐惧和忧虑。很显然，救护人员都很恐慌，他们眼神迷茫，望着失去方向的人流不知所措。人们四下逃散，像是蜜蜂从着火的蜂房里疯狂拥出。

人行道上，街道中央，世界就像是一只充满了恐惧的万花筒。血淋淋的、破碎的、烧焦的、因疼痛而扭曲变形的尸体随处可见，战争般残忍的场景让人感到仿佛是有谁把贝鲁特[1]搬到了纽约市中心。

到处都是玻璃碴、瓦砾和金属残骸，无数纸张在风中飞舞。到处都是混乱、浓烟和末日般的景象。到处都是号叫、痛哭和呼唤上帝的声音。

突然，人群中又爆发出一阵绝望的叫喊——第三架飞机刚刚撞上了五角大楼。面对这种突如其来的状况，警察命令我们向北逃跑。

我四下寻找奥德莉，但她已经不见了。我大声呼喊她的名字，却没人回应。我和她走散了。惊恐充斥在我周围的每一寸空气中，我冲到教堂街上——这时，从我背后传来一阵隆隆的响声，如同利维坦的喘息，巨龙的震怒。

我转过身，眼前这一幕让我目瞪口呆。双子塔中的一座正在倒塌，

---

[1] 黎巴嫩首都。

如同被雷电击中一般，在混凝土和灰尘的烟幕中扑向地面。

我害怕极了，身体好像瘫痪了一样，无法动弹。在我身边，人们不停地叫喊、奔跑、喘息，寻找一切可以保护自己的办法，拼尽全力从这场灰尘和钢铁的雪崩之中逃出去。

爆炸和燃烧还在继续。我看到无数碎片和崩裂的钢筋，它们形成了一股浪涌，夹杂着可怕的噪声。

我知道自己快要死了。

妈的。

我的一生，就这样结束了。

4

但我没有死。

现在是 2001 年 9 月 11 日晚上八点。我坐在恩潘纳达 – 帕帕斯酒吧的吧台前，这儿离我的公寓只有两个街区。

当钢铁和碎石组成的风暴向我袭来时，我感觉到奥德莉一把抓住我的手，将我拉进一家杂货店里。我们躲在一台冰柜后面，收紧膝盖，双手抱头，身体蜷缩，任由外面风暴肆虐。这间店铺就像波涛中心的一枚果壳，摇摇晃晃，最终淹没在瓦砾的洪流中。当我重新站起来的时候，仿佛身处核弹爆炸现场。天空一片灰暗，有些地方黑漆漆的，无比阴郁。我身上覆了厚厚一层灰。

我招了招手，让服务生来续酒。这是曼哈顿北部，离世贸中心很远。

但这注定是个不眠之夜，整座城市都处于戒严和宵禁的状态中。

往常，这家酒吧每晚都是人头攒动，充满节日的气息，但今天却有四分之三的位子是空的。仅有的几个顾客眼睛全都盯着屏幕——有的盯着手机，想要了解更多新闻；有的盯着电视，看记者和专家如何解释这次恐怖袭击。

我喝了一口酒。

今天，就像许多纽约人一样，我感到绝望，感到失去了一切。但我失去的究竟是什么呢？

是那样的生活吗？是那样的爱情吗？

假如我真的死了，今晚有谁会真正想念我？

我的父母，可能吧。但是除了他们呢？

一段奇怪的记忆萦绕在我的脑海中。今天早上，当混凝土的浪潮向我涌来时，当我告诉自己我很快就要死去时，在我头脑中出现的是他的样子。

是亚瑟·科斯特洛。

不是母亲，也不是父亲，更不是其他任何一个男人。

为什么是他？我已经三年没见到他了，但是关于他的回忆却坚定地占据着我每一个脑细胞。

和他在一起时，我感觉很好。我很放心，很安稳，也变成了更好的我。

当他的目光投向我时，我真切地感受到自己身处幸福之中，成为了那个我一直都想成为的女孩和女人。

但是，怎么能和一个一年只存在一天的男人生活在一起呢？

一个你永远都不能介绍给父母的男人。

一个你永远都不能和他畅想未来的男人。

一个你不能在那些寂寞的夜晚蜷缩在他身边的男人。

天哪！

我一口气喝光了杯子里的酒。

可是今晚，我多么需要他啊！如果能够再见他一次，能够让他重新出现在我的生活中，我愿意付出任何代价。

我像个幼稚的孩子一样，握紧双手，闭上眼睛，开始祈祷。

上帝，求求您，把亚瑟·科斯特洛带回来吧！

上帝，求求您，把亚瑟·科斯特洛带回来吧！

当然，什么也没有发生。

我放弃了，伸手又点了一杯鸡尾酒。

突然，厨房里传来一阵玻璃破裂的声音，餐厅里所有人都吓了一跳。好像有人刚刚打碎了一摞盘子，所有人都焦虑地望向吧台后面。这时，厨房门哗啦一声打开了，一个不知从哪儿冒出来的男人走了出来。

一个头发蓬乱、穿着红十字会大衣的男人。

CHAPITRE IV / 第四章 科斯特洛家族

2002　第三个人的呼吸

> 本质的东西无法预见。
> 我们都曾在人生的逆境中感受过最热烈的欢乐，
> 让人永久缅怀，
> 以致我们对苦恼也会眷念，
> 如果是那些苦恼带来了那些欢乐的话。
> ——安东尼·德·圣埃克苏佩里

熟悉的街道上的喧闹声。

春天般温暖的气息。

这次苏醒的过程相当舒适。

我睁开眼睛，感受到了清晨的阳光。我正躺在一张深绿色的木质长椅上，旁边是一条梧桐护卫的宽阔马路。

虽然气候温和，环境也不错，但我立刻发现有什么地方不太对劲。

我惊慌失措地观察着路上的车牌号码，辨认着一家绿树环绕的餐厅的名字——La Closerie de Lilas（丁香园），凝视着长椅旁边树立着的海报展架——上面正在宣传一部即将上映的电影 Auberge Espagnol（《西班牙旅馆》），紧紧盯着标有街道名字的指示牌——Boulevard *du Montparnasse*（蒙帕纳斯大道）。

　　最后，我侧耳倾听，发现路人说的都是法语。

　　有史以来第一次，我醒来的地点不在纽约。

　　而是在巴黎！

1

　　我跑了起来，想找一间电话亭给苏里文打电话。圣母院地铁站前面有一间，但里面睡了一个流浪汉。我看了眼电话机，突然想起来自己并没有电话卡，于是放弃了打电话的念头，决定先拦辆出租车。我向第一位停下的出租车司机解释说我只有美元，假如他愿意把我送到机场，我会付他双倍的价钱。这个司机连个"不"字都懒得说，直接把车开走了。幸运的是，第二位司机比较友善，愿意载我。

　　我看了眼仪表盘上的时间，现在是七点半。汽车后座上放着一份《世界报》，上面的日期是 2002 年 6 月 12 日星期三。头版印着球星齐达内的照片，有一个巨大的标题。

世界杯：法国队惨遭淘汰

1998 年世界杯冠军赛——

"蓝色军团"遭遇重挫，0 ：2 惨败丹麦队

　　这一次，我不仅穿越了九个月，而且还是在另一块大陆上醒过来的。

透过车窗，我看到一个个路牌飞驰而过，标示着一些我从未听过的地名：巴尼奥雷门、诺瓦西勒塞克、邦迪、奥奈丛林、维勒班特……车流并不拥挤，不到四十五分钟，我们就已经抵达戴高乐机场。司机建议我在2E航站楼下车，他说这里可以找到达美航空公司的售票柜台。多亏了苏里文的先见之明，我口袋里装着足够的美元，还有一本"货真价实"的护照，但愿能用。

10:35那趟航班还有空位。我用现金买了机票，又顺利通过了安检。在候机厅，我买了杯咖啡和一只葡萄干面包，然后换了些欧元，买了一张电话卡。要是能在登机前确定丽莎在纽约就好了。我拨了好多次苏里文的电话，但一直没人接。考虑时差的话，现在是纽约的凌晨三点，他要么睡得不省人事，要么不在家。

我在一家旅友书屋买了些美国杂志：整篇整篇的新闻报道都在谈乔治·W.布什的"反恐战争"和"邪恶轴心"。很快，广播通知旅客登机。我迅速坐到了自己的座位上，一位试图让儿子安静下来的母亲和一位满身汗臭、用最大音量听随身听的年轻人把我夹在了中间。

旅程中的大部分时间，我都在回忆前一天发生的事情。或者说，去年发生的事情……

2001年9月11日，那个人间惨剧发生的日子，我在恩潘纳达－帕帕斯酒吧的厨房醒来，惊讶地发现丽莎就坐在吧台边，仿佛正在等着我。她一看到我，就泪流满面地扑进我怀里。恐怖袭击让她对生活产生了无尽的眷恋。尽管那天的状况混乱不堪，我们还是重逢了，我们还深爱着彼此。在那种高度紧张的状态下，我们不再克制自己，也不对明天抱任何期许。

当我"重新上路"的时候，她还在床上熟睡。

我再次消失了。

那一次，我们没有触碰任何关于未来的话题。现在，我又该期盼什么呢？她会用微笑欢迎我吗？还是两个耳光？

旅途无比漫长，这架空客飞机一降落在肯尼迪国际机场，我就跳上了一辆出租车，告诉司机去晨边高地。

我到达街角的时候，已经快中午十二点了。我让司机等着我，然后蹑手蹑脚地走上楼梯。我按下门铃，却没有人来给我开门。尽管我十分小心，莉娜·马尔科维奇——那个坏脾气的邻居——还是听到了动静。她拿着一瓶催泪喷雾剂走了过来。我头也不回地跑掉了，现在可不是被警察抓住的时候。

我重新坐上出租车，朝华盛顿广场方向驶去。我敲响了苏里文家的门，但这里和丽莎家一样，没有人。我正准备转身离开，看到门环上狮子的爪子里卡着一个信封，上面写着我的名字。

你好，孩子。

我从来没有相信过上帝。

但也许我错了。

也许世上真的存在一个"伟大的造物者"，他主宰着我们的命运，偶尔也会表现得宽大仁慈。

我真心希望你今天能够回来……

我真心希望你能够见证这一切，就像四十年前我有幸能亲身见证一样。

我不相信上帝。然而，这几星期以来，我一直在心里默默祈祷。尽管我既没有一起做礼拜的教友，也不知道该怎样组织语言，甚至不清楚为了实现心愿该用什么去交换。

所以，假如在这个糟糕的星球上真的存在一位上帝，假如你真的能在今天回来，一分钟也不要浪费！立刻来贝尔维尤医院的妇产科找我们。

快一点儿！

你要做爸爸了！

2

我以最快的速度冲了出去。

在一位护士的陪伴下，我冲进了医院走廊。

上一次来这里还是八年前。那时候，丽莎吞下了一杯掺着安眠药的鸡尾酒，然后割开血管，想要结束自己的生命。

而今天，她将在这里诞下另一个生命！

时光飞逝，我们要耐得住打击，要有撑下去的韧性，要学会笑着去承受一切，要等暴风雨自己过去，还要在这之后幸存下来。

大多数情况下，命运的轮盘会掉转方向——通常是在我们抱有最少期待的时候。

我推开 810 房间的门。

丽莎躺在分娩床上，苏里文和另一位助产士正守着她。她看上去丰满、美好、幸福，像是完全变了一个人。看到我，她惊叫一声，流下了喜悦的眼泪。

"我太希望你能来了！"她说着，和我拥抱在一起。

然后，我又拥抱了苏里文。

"妈的，我就知道你会来！"他紧紧抱着我，冲我吼道。

"你从哪里来的？"

"从巴黎。我一会儿再和你说。"

我看着丽莎的大肚子，不敢相信这一切都是真的，不敢相信我们即将为人父母。

"我是医生，"我对助产士说，"现在是什么情况？"

"十点开始宫缩。您的妻子一个小时前羊水就破了。宫颈扩张六厘米。"

"麻醉师已经进行硬膜外麻醉了吗？"

"是的，但是用药过量，延缓了宫缩，"丽莎对我说，"现在我的腿一点儿都动不了。"

"别担心，亲爱的。等药效过去之后，他们会给你打一针小剂量的。"

那位叫贝蒂的助产士让我们单独待了会儿，丽莎给我看了许多超声波检查的影像。

"是个男孩！"她自豪地宣布，"你今天回来得太是时候了！你知道吗，大家正等着你给他取名字呢！"

我们花了一个小时的时间，列举各自喜欢的名字。苏里文也来帮忙，最终，我们选定了"本杰明"。

"对了，下次你来看我的时候，千万别弄错地址哦。"丽莎对我说。

"我没听懂……"

"你不会想让我在那间狭小的公寓里抚养你儿子吧？我搬家了！"

苏里文从口袋里掏出一些拍立得照片。照片里是一幢位于格林威治村的漂亮砖房，我认出那是科妮莉亚街和布利克街的交叉口，靠近牡蛎酒吧，就是1995年他带我去吃牡蛎的地方。我激动地看到屋子里还有一间已经装修好的婴儿房：一张床、一张育婴桌、一个衣柜、一辆童车、一只长沙发、一张躺椅……

看着这些照片，我突然间明白了苏里文炒股赚来的钱都花在哪儿了。

自由的度量表。

"医生马上就来了。"贝蒂对我说。

"我就是医生。"

"也许吧，先生，但为您妻子接生的可不是您。"

"想都别想！"丽莎提高嗓门说道。

大家都在焦急地等待着产科医生的到来，助产士帮丽莎摆好分娩的姿势，让她把脚放在脚蹬上，注意宫缩，并且把注意力集中到呼吸上来。丽莎一开始还以为这是在做练习，但她很快就明白，分娩已经开始了。

"加油，每一次宫缩都要往外用力！"产科医生一边说，一边像客串明星一样出现在房间里。

接下来的十分钟，我紧紧抓着丽莎的手，不时用一个眼神、一记点头、几句笑话鼓励她。

根据经验，我看得出一切都进展顺利。婴儿的头部很快便露出来了。

在医院工作的时候，我也曾参与过几次接生，知道接下来的几次用力是最疼的。丽莎松开我的手，连声大叫。她气喘吁吁，艰难地哽咽着，透不过气来，好像就要放弃了。然后，她强打起精神，在这场战斗中使出了最后的力气。

终于，解脱了。一切归于平静，时间仿佛暂停了。

成功了！我看到了一个小小的身体……我们的孩子挥舞着手脚，靠在丽莎的胸口哭闹着。他浑身泛青，皮肤皱巴巴的，但充满了生命力。

我剪断了脐带，弯下腰挨着他，丽莎泪眼汪汪地看着我。激动之情吞噬着我每一个细胞。泪水、汗水和血迹混合在一起，我们在这场战役中幸存下来。

从今天起，我们是三个人了。

3

在助产士和苏里文的注视下，我给我的儿子洗了澡。这是他人生中第一次洗澡，我利用仅剩的一点儿时间好好看了看他。他身形修长，有些瘦，上半身鼓着，手指纤细，已经长了一簇黑色的头发，眼睛微微张开，美妙极了。

"谢谢你送的房子。"我一边把小婴儿擦干，一边说道。

"没什么，"苏里文回答，"别担心，你不在家的时候，我会帮你照顾家人。"

"那你呢，你怎么样？身体什么的，一切都好吗？"

他笑着走开了。

"别为我担心，孩子。这个小宝贝会让我重新变年轻的！"

贝蒂和祖父离开后，我把小本抱起来，贴在我的胸口，坐到窗前的

206

一把扶手椅上。窗外，阳光洒满了这座城市的每一片屋顶。

他的皮肤挨着我的皮肤。

我情不自禁，流下了幸福的眼泪。

我和我的儿子——在那个充满灰烬和恐惧的混乱的日子里孕育的小男孩——单独待了好久。

他会长成怎样的性格？他将怎么应付这个充满危险的世界？我很长一段时间都不能在他身边，又该怎样去爱他，保护他？

我擦掉了眼泪。这份幸福里也包含着沉甸甸的责任。

我知道，再过几个小时，我又要走了。有史以来第一次，我感到自己变得更坚强、更平静了。

我看着熟睡的小家伙，从他的呼吸声中，我汲取了无尽的力量。我笑了。

天哪，这是怎样的一场历险！

我回想过去这几年，回想走到这一步所经历的一切，现在有了他，所有苦难和打击都变得可以承受了。

总有一天，这个地狱般的循环会结束。

今天是一个新的开始。战争还很长，但我刚刚取得了一场重要战役的胜利。一切都和从前不一样了。

我重新思考此时此刻。

一个新生命诞生了。

2003—2010　时光的脚步

> 他还太年轻，
> 尚不知道回忆总是会抹去坏的，
> 夸大好的。
> 也正是由于这种玄妙，
> 我们才得以接受过去。
> ——加夫列尔·加西亚·马尔克斯

1

时光飞逝。

我依旧每年醒来一次，总是在曼哈顿或纽约州的某个角落。

有时是在一些令人惬意的地方，比如28街的鲜花市场，坎贝尔公寓酒吧柔软的沙发上，某个夏日清晨的洛克威海滩……有时也会在一些令人不快的地方，比如哈特岛，纽约乱葬岗，圣帕特里克日经过第五大道的游行队伍中，某个犯罪现场——在贝德福德－史岱文森一家破旧的旅馆房间里，我醒来时发现自己身旁躺着一具被放干了血、但还微微发热的尸体……

我已经有了足够的经验。首先，确保穿上保暖的衣服和一双好鞋，戴块手表，还要带足够的钱。其次，如果可能，一醒来就立刻跳上出租车，回到家人身边。

本杰明长得很快。太快了。

在我离开的那段时间里，丽莎会制作数量庞大的相册和录影集，好让我每次回来都能追赶上一小部分已然逝去的时光。看着这些画面，我眼睛发亮，捕捉到许多珍贵的瞬间——儿子第一次绽放笑容；第一次喊"爸爸""加油""你好""再见"；他最先冒出来的两颗牙齿，看上去像极了兔八哥；还有他刚开始学走路时略带犹豫的脚步，他的图画书，他的毛绒玩具，他的拼图，他的任性，他的发怒，他每次听到音乐时都要扭来扭去的小屁股。

之后，是他说出的第一个完整的句子，第一次拍皮球，他画的小人和房子，他化妆成牛仔的模样，他的小三轮车。

他开学的时候，我不在，我也没看过他任何一场学年末的演出。教他颜色和数字的不是我，教他背诵字母表的不是我，帮他拆下自行车辅助轮和取下游泳臂圈的，也不是我。

回到家的时候，我会尽可能地去扮演"父亲"的角色。尽管这个父亲总是有些虚幻，他会突然出现，有时还不大凑巧，而且走的时候和回来时一样没有征兆。

2

但是，我们也一起度过了很多美好的时光。在那些日子里，在那几个小时里，我们成为了最希望成为的人：一家人，跟其他人一样。

2006年国庆日，康尼岛上。本四岁了，我把他扛在肩膀上。太阳升到了头顶，我和丽莎手牵手漫步在沿海滩修建的栈道上，不免有些怀旧地想起九年前的冬天，那时我们也曾一起来过这里。后来，我们一起去游泳，到内森名家餐厅享用热狗，还坐了摩天轮和过山车。晚上，我们全家去苏里文家做客，观看了东河沿岸的烟花表演。

2007年10月的一个星期天，我在克里斯托弗街的一盏路灯下恢复了意识，那儿离我家只有十几米远。当我按响门铃的时候，刚过中午十二点。给我开门的是苏里文。就像每次见面时一样，我们拥抱了很久。

"你来得正是时候。"他对我说。

我皱起眉头，跟着他来到餐厅。在那里，我第一次见到了丽莎的父母。

"我早就告诉过你们，亚瑟是真实存在的！"她开心极了，扑进我的臂弯，"爸爸妈妈，向你们介绍——会消失的男人。"

然后，我和我的岳父母一起度过了这一天，仿佛我们早就认识一样。

2008年5月底，晚上八点。今天有曼哈顿悬日，街道上挤满了人，都是来观看每年仅有两次的壮丽景观的：这一天的日落时分，阳光将铺满城里每一条东西走向的街道。

丽莎和本杰明在家门口。儿子正在骑自行车，他的妈妈背对着我，没有发现我的到来。

"是爸爸！"他看到我，欢快地叫了起来，"爸爸！"

他飞快地骑着车冲向我，这时丽莎转过身来。她又怀孕了，看上去已经快八个月了。

"这次是个小姑娘。"她靠在我的肩膀上说。

和第一次一样，我激动万分。

"但这次我回来得太早了，没办法在分娩的时候陪你了……"

她摊开手，告诉我没关系。

"我在等你给她起名字。但我已经想到了一个。就叫她索菲娅，你看怎么样？"

2009 年夏天，一个周六的早晨，丽莎坐在家里的茧形庭院椅上。她抵挡不住美味的诱惑，正在大口大口地吃一片涂了咸黄油和榛子巧克力酱的面包。而我则抱着原声吉他在弹奏莱昂纳德·科恩的《再见，玛丽安》。

小小的索菲娅，我美丽的小公主，正坐在她的高背椅上，开心地用一只勺子敲打塑料盘，为我打拍子。本杰明化装成印度人，绕着厨房的小桌子跳起了祈雨舞。

工作台上放着一份《时代杂志》，封面上是一张孟加拉虎的照片，醒目的标题令人担忧。

气候变化：物种灭绝的新时代

我看着我的两个孩子，觉得他们美极了。正是因为他们，我才能坚持下来。他们帮助了我，让我对未来充满了信心。但每次注视着他们的时候，我都会想起那块铜板上刻着的文字："二十四向风吹过，一切皆空。"同时，还有一个细小的声音时刻在提醒我：你要明白，你所建立的一切不过是一座沙子堆砌的城堡，终将被潮水摧毁。这就是灯塔真正的诅咒：第二十四天的早晨，所有的一切都会毁灭，你曾遇到的那些人都会忘记你。

我一直记得苏里文的警告，但我也期盼历史不会重演，并决心为此活下去。我像个计算出狱日期的囚犯一样，计算着距离第二十四次旅行的时间。那是我最后的审判。

2010 年，一个春天的夜晚，我把本抱到他的床上。我们全家人一起在客厅看了《阿凡达》的蓝光碟，他看着看着就睡着了。

我把他放到床上，给他盖好被子，紧紧地拥抱他。我多想把他的气味储存在我身上，直到来年。当我准备走出卧室的时候，他抓住了我的袖子。

"你要走了吗，爸爸？"

"是的，孩子。"我坐回床上。

"你会去哪里呀？"

"我哪儿都不会去，本。你知道的。我们已经聊过这个问题了。"

儿子从床上坐起来，竖起枕头。

"你不会是去你的另一个家吧？"他问我，声音里带着一丝痛苦。

"不是的，本，我没有另一个家！我只有你们：妈妈、苏里文、索菲娅和你。除此之外没有其他人了。"

我抚摸着他的头发。但他还在坚持，几乎要发火了："但你不和我们在一起的时候，肯定是在别的什么地方。否则，这根本说不通啊！"

我把手搭在他的肩膀上。

"我知道这很难理解，但时间的运行对我来说是不一样的。妈妈不是和你解释过好多次了吗？"

他叹了口气，问道："事情会变正常吗？"

"我希望会。"

"什么时候？"

"五年以后，"我回答，"到 2015 年。"

他在心里飞快地计算着。

"2015 年，那时我就十三岁了。"

"是的，不过离现在还很远……快睡觉吧，乖。"

"我可以看着你消失吗？"

"不，不行。这可不是游戏，也不是变魔术。还有，我也不会马上就走，我还想和妈妈一起待会儿呢。"

我重新帮他盖好被子，抱了下他。

"我不在的时候，你要对妹妹好，尤其要对妈妈好。"

他点点头："你不在的时候，我就是一家之主！"

"不对，本。妈妈是一家之主，你呢，你是家里的男人。好吗？"

"好的。"

3

时间过得很快。

21 世纪的前十年已经接近尾声。

小布什任期结束，美国迎来了奥巴马时代。

每次回来，我都会急切地关注世界的变化。从音乐到书籍再到电影，互联网占领了一切，蚕食着整个世界。手机变成生活中不可或缺的一部分，好像嫁接在人们手上一样。人们每隔三分钟就要漫不经心地看一次屏幕，苹果手机、脸书、谷歌、亚马逊、通信、贸易、交友、消遣，一切都变成了虚拟的、数字的、非物质的。

在和别人的对话中，许多与文化相关的词句让我摸不着头脑。我不认识那些新兴作家、摇滚乐队和名流，也弄不清楚他们为什么会出名。

还记得 20 世纪 80 年代初，我会连着好几个小时听随身听，父亲告诉我："这机器会把你们这代人变成聋子的！"他还对我说："麦当娜是个婊子，大卫·鲍威是变性人，埃里克·克莱普顿是个瘾君子。"现在，轮到我了，我也成为自己年少时厌恶的那种嚼舌的老家伙中的一员了。

我是一名旅行者，仅仅穿越了时间，并未生活在其中。

我不会留下任何语句，也不会留下任何信息。

我落后于潮流，与时代脱节，被这个越来越不属于我的、越来越让我感到害怕的世界所超越。

从今以后，家庭就是我唯一可以停泊的港湾，也是我视线唯一可及的地方。

2011 憔悴的心

> 扰乱生活的并不是爱本身，
> 而是对爱的不确定。
> ——弗朗索瓦·特吕弗

一个宛如裹着棉絮般温暖的房间。

脸颊上天鹅绒似的触感。

座位很舒服，柔软的椅背支撑着我的脖子。

然后是一段旋律。一个清澈的嗓音在唱一首叙述恋人别离的歌曲，诉说着失去爱情的忧郁。只用了几秒钟，我就融入了旋律之中。我知道这首歌，是阿巴合唱团的《胜者为王》。

我睁开眼睛，发现自己正坐在剧院大厅正中央的一个座位上。在我周围，几百位听众正投入地欣赏着音乐剧《妈妈咪呀》。

我转过头，抬起眼睛。宽阔的舞台、高高的天花板、二楼包厢的陈设……很久以前，我曾来过这里。

这是百老汇的冬园剧院，妈妈曾带我来这里看过《猫》。

我站了起来，在一片斥责声中挤开旁边的观众，逃出椅子的包围，来到过道上，然后下楼，离开剧院。

1

百老汇，夜晚

没走几步，我就已置身于时报广场的纷乱之中，被人流、公车和卖热狗的小摊包围。广告显示屏上连续播放着珠宝品牌浪漫的宣传片，小贩们忙着在人行道上推销爱心形状的气球和已经开始枯萎的花束。

今天是 2011 年 2 月 14 日，情人节。现在已经是晚上七点多了。

打车的时候，我记起 1992 年 7 月的那个早晨。当时，杰弗里·韦克斯勒刚把我从监狱里弄出来，我在这附近租过一辆车，之后再也没来过这里。快二十年过去了，这里变成了一个巨大的露天游乐场。迪士尼主题店和一些适合全家光顾的商场取代了原先的窥视色情秀和色情电影院，以前的流浪汉、瘾君子和妓女也已经被游客的身影所取代。

一辆福特翼虎停在我旁边。我跳上这辆出租车，十分钟后就到了巴勒克街的一家花店前，给丽莎买了一束漂亮的白色和玫瑰色相间的兰花。

我手捧鲜花，轻轻叩响家门，为马上就要见到妻子和孩子们而兴奋不已。

但开门的不是丽莎。

"晚上好，请问什么事？"一个顶多二十岁的金发女孩问道，她穿着一件十分宽大的斯德哥尔摩经济学院的羊绒衬衫。

"我妻子在哪里？"

"您是哪位，先生？"

"您呢，您是谁？"我提高了嗓门问道。

她看上去有些害怕，微微把门掩了起来。

"我是照看孩子们的保姆。是我在照顾本杰明和索菲娅，夫人她……"

"爸爸！爸爸！"本叫着扑进我怀里。

我把他抱起来，双手举高，让他在空中转圈。

"你好啊，小伙子！让爸爸看看你长得多快！"

我没理会那个瑞典女孩，直接进了屋子。

索菲娅不在客厅。我把花放在桌上，走进她的房间——我的小女儿在床上睡着了。

"她已经睡了？"我轻声问道。

"索菲娅今天不太舒服。"保姆解释道，有点儿不知所措。

"什么意思？"

"支气管炎、咽喉炎，还有中耳炎。可怜的小家伙。"

我没有吵醒女儿，而是轻轻抱着她，把手放在她额头上。

"她在发烧。"

"我知道，"她回答说，"但我不想把她弄醒，准备过一会儿给她吃点儿退烧药。"

我走进厨房。

"你知道妈妈在哪里吗，本？"

"她出去了。"

"好的，那你知道她去哪里了吗？"

儿子摇了摇头。

"我的妻子在哪儿？"我问那个小姑娘。

"我什么也不知道，我甚至都不知道丽莎已经结婚了……呃，总之，她出去的时候没跟我说要去哪里……"

我已经不想再听她说下去了。丽莎肯定在某个地方留了地址。我仔细检查了电话机附近，又在一只盛放杂物的小筐里翻来翻去，最后，我发现冰箱贴底下压着一张从记事本上撕下来的纸。上面写着：布莱餐厅，杜安街163号。还有一串电话号码。

一家餐厅，情人节的晚上……

"她在那里吃晚饭？"

"我和您说过了不知道！"

"妈的……"我瞪着她，忍不住抱怨。

儿子紧紧抓着我的衣袖。

"你不可以说脏话，爸爸！"

我跪下来，望着他的眼睛。

"你说得对。听着，我先去找妈妈，然后再回来，好吗？"

"我可以和你一起去吗？"

"没必要，半个小时之后，我们会一起回来。如果你乖乖听话，我会给你做千层面。"

"但我已经吃过饭了。"

"那甜点呢？一个好吃的焦糖圣代和烤杏仁，怎么样？"

"妈妈不喜欢我吃冰淇淋，她说冰淇淋太油腻、太甜了。"

我叹了口气，摸了摸他的头发。

"一会儿见，小伙子。"

2

我不想坐出租车，路上太堵了。三角地不是很远，跑步过去还可以活动活动腿脚。

向南走，经过麦克道格街、第六大道、百老汇，最后是杜安街。

"您有预约吗，先生？"

我喘着粗气，淌着汗，出现在字条上写的那家餐厅，红色大衣和牛仔裤在满屋子的西服和晚礼服中显得极不协调，就像保龄球场上突然出现了一只狗那样突兀。

"我只想知道我的妻子在不在这里。"

"我可以帮您进去找她，先生。"他看了眼电脑屏幕，回答说，"请问她是用什么名字预订的？"

"谢谢，但我想自己去找她。"

"但是先生，您没有……"

我没理会他，径直穿过走廊，来到大厅。

在这个情人节的夜晚，顾客们无一例外，全都成双成对。

布莱餐厅是一家以浪漫闻名的餐厅：装饰优雅，气氛温馨，屋子里的烛台、拱形天花板和墙上挂着的装饰画都极具普罗旺斯风情。

丽莎坐在大厅中央一张靠近石头壁炉的桌子旁，很容易找到。她身着盛装，举止优雅而放松，面前坐着一个背对我的男人。

她看到我，脸色一变。还没等我走近，她就赶紧收起餐巾，起身向我走来。

"亚瑟，你在这里做什么？"

"问这个问题的应该是我吧？"

"我在工作，在努力赚钱养活家人。"

"你的工作就是在情人节的夜晚到高档餐厅吃一顿烛光晚餐？你是在拿我开玩笑吗？"

我们僵持不下，十几双眼睛带着责备的神情盯着我们。主管走了过来，让我们不要在大厅里吵架。

"听着，亚瑟，我这一生中从来没有过过一次情人节，我在这里只是为了参加一次商务晚餐。不要和我吵架，求你了。"

"别把我当傻瓜！这家伙是谁？"

"尼古拉斯·赫尔，一位著名的作家和电影编剧。他给 AMC 电视台[1]写了一部电视剧，想把里面的一个角色给我。"

"所以只要有人愿意让你演一个角色，你就会穿得像个婊子似的跟他来餐馆约会？"

"你怎么能这样侮辱我！"

我火冒三丈，指责她居然丢下生病的女儿，打扮得花枝招展出来应

---

[1] American Movie Classics，美国经典电影有线电视台。

酬。但是丽莎拒绝接受这条罪名。

"现在是二月份，索菲娅感冒了，全城百分之九十的孩子都这样！这很正常，因为现在是冬天。而你却完全不知道，因为你从来不在家！"

"你很清楚我为什么不在家！你也知道我忍受了多大的痛苦！我的生活就是一场噩梦！"

"我的生活难道就不是噩梦吗？"

在争吵的过程中，我闻到了丽莎身上混合了香草和堇花的香水味。她魅力四射，头发柔软顺滑，披散在裸露的肩膀上和黑色花边上衣遮盖的胸前，两只珐琅手镯在她手腕上叮当作响。看来她确实着力打扮了一番，但她想取悦的人却不是我。

是的，我们从来都无法决定自己会爱上谁。丽莎一直热衷于检验自己在异性眼中的魅力，这是她的氧气，是她心情的晴雨表。我从一开始就察觉到了这一点。这么多年来，她一直没变。我伤透了心，也失去了理智。

我努力克制住怒火。我能在这里待二十四小时，情况还是可能变好的，我幼稚地想。但是我错了。

"我们回家吧，丽莎，回去看看孩子们。"

"晚餐还没结束，我不会回去。我真的想拿到这个角色，我知道我一定能成功。"

我失去了耐心。

"我们每年只能见一天，而你连眉头都不皱一下，就这样告诉我，比起我，你更愿意和别的男人吃饭？"

"给我两个小时，谈完我就回家。"

"不行！你不能回去见那个家伙！"

我抓住她的手，但她挣脱了，叫了起来："别在这里吵架了！我不是在请求你的允许！我不是一件东西！我不是你的附属品！"

"和我一起回去，丽莎，否则……"

"否则怎样？你会打我？你会扯着我的头发把我拖回家？你会离开我？没错，你唯一能做的事，亚瑟——就是离开我！"

她转过身，想要回到大厅。

"该死的会消失的男人！"她一边往回走一边说。

3

走出餐厅时，我满腔怒火，伤心欲绝。

人行道上，泊车员正在接待一位开着敞篷车的客人。那位美女留着笔直的长发，穿着金属装饰的长靴。泊车员打开车门，请她下车。

我被愤怒冲昏了头脑，径直朝她冲了过去，把她正要交给泊车员的钥匙抢了过来。所有动作一气呵成。

"嘿！"

趁他们还没回过神来，我迅速坐进汽车，发动引擎，轮胎发出摩擦声。

我开着车，沿哈德逊街离开曼哈顿，上了州际高速，往波士顿方向驶去。

我紧踩油门，连续开了四个小时，把所有强调谨慎和小心的交通法规都抛诸脑后，只是不停地加速。我在逃亡，带着满心的狂躁和迷茫。

我深爱的女人的所作所为让我痛苦万分，我的堤坝正在崩溃。

我很累，很疲倦，不知道怎样才能重新掌控自己的生活。从这些经历中，我到底得到了什么？什么也没有。我忍受着这一切。从二十年前开始，我的人生就已经从这世上溜走了，我成了一个间歇性的存在者。我曾经奋斗过，曾经努力做到最好。我并不害怕去战斗，但假如你连敌人是谁都不知道，又该怎样抗争呢？

到达波士顿后，我像以前一样，把敞篷车停在查尔斯敦的一条街上，然后推开"麦克奎伦"的门——这是一家我以前常来的爱尔兰酒吧。

我终于找到了一个从未改变过的地方！这家酒吧从19世纪末开始就一直在这儿。里面的氛围和我二十岁时感受到的一模一样——不变的马口铁柜台，不变的小酒馆气氛，不变的深色木头从地板一直延伸到天花板。

墙上的黑白照片记录着旧时人们在这里大吃大喝的场面，地板上的锯末增添了酒吧的魅力，杯子里的威士忌和啤酒在晃动。

我坐上一张高脚凳，点了一杯啤酒。

第一次是弗兰克领我来的，这里的客人绝大多数是男性。来麦克奎伦的顾客不是为了和女人调情，不是为了交友，也不是为了享受美味佳肴。他们就是来喝酒的，为了忘记白天、工作、困扰、妻子、情人、孩子和父母。他们来这里把自己灌醉，让自己麻痹。这也是我正在做的事。我一连喝了好几杯啤酒和威士忌，一直喝到自己筋疲力尽，无法清楚地说出一个字，站都站不稳。酒吧关门的时候，我拖着沉重的脚步跟跟跄跄地走到街上，一头栽进我的新车里。

4

直到太阳初升，我才醒了酒，又或者弄醒我的是刺骨的寒冷。我感到嘴里黏糊糊的，精神恍惚。我转动钥匙，把空调开到最大，然后朝南开去，穿过哈佛大桥，一直开到波士顿的牙买加平原区 [1]。早上 7 点的时候，我把敞篷车停在了福里斯特希尔斯公墓的停车场里。

时间还早，栅栏门还关着。尽管因为饮酒过量而头疼不已，我还是从比较低矮的地方翻了进去。

这座方圆一百公顷的公园覆满了冰霜，小径边缘勾画出一条浅浅的白色界限。草木在严寒面前黯然失色，那些塑像仿佛是有血有肉的人，只不过在寒风中冻僵了。

我一路小跑，冲上山丘的斜坡，呼吸中满是酒精的味道，脑袋昏昏沉沉。冰冷的空气刺激着我的肺。翻过山谷，明镜般的湖面呈现在眼前，倒映着草木茂密的山丘和湛蓝的天空。

我沿着一条林间小路继续前行，来到通往墓冢和地下墓室的石子路。一阵轻薄的雾气从我父亲墓碑所在的地方升起。

弗兰克·科斯特洛

1942 年 1 月 2 日

1993 年 9 月 6 日

曾经我与你们一样立于人世

---

[1] 波士顿的一个街区。

你们也将如我一般长眠于此

"嘿，弗兰克，早上好。今天天气不热，对吧？"

一种奇怪而强烈的感觉。我觉得他毁了我的生活，但我的一部分却想和他说说话。

"这里不错，只不过实在太安静了。"我坐到一堵矮墙上，继续说道，"白天对你来说肯定很漫长，烦透了吧！不是吗？"

我在口袋里找到一包烟，还有一盒麦克奎伦酒吧女服务员给的火柴。我点燃一支烟，愉快地吸了一口。

"这玩意儿，你是再也抽不到了。别忘了，是它们杀死了你，所以……"

我吐出一口烟。烟雾在冷风中停留了一会儿，然后消散了。

"总而言之，你说得真对。在生活中我们不能相信任何人。谢谢你那么早就告诉了我，虽然我没有吸取那堂课的教训。"

一只鸟儿抖动着翅膀从树枝上飞起来，带得积雪纷纷落下。

"啊，对了，我还没和你说。你现在当爷爷了。是的，没错，这是真的。我有一个九岁的儿子和一个三岁的女儿，但我不是个好爸爸。你也不是个好爸爸。不过，我是有苦衷的，和你不一样。"

我从矮墙上站起来，走近大理石墓碑。坟前什么都没有。没有花束，没有植物，也没有纪念牌。

"我想你的孩子们应该没有经常来看你，是不是？事实上，没有人想念你。我一直以为你只是不爱我，但是我错了。你也不爱他们。"

我又吸了一口烟，这一口比第一口更呛人，于是我用脚后跟踩灭了烟蒂。

"为什么你不爱我们，弗兰克？"

我又朝墓碑走了几步，直到脚尖触到了基座。

"你知道吗？这个问题我最近想了很多，我想我已经有了一些答案。你不爱我们，是因为爱会让人脆弱。这是事实。一旦你有了孩子，你就会害怕失去他，你的心理防御就会崩塌，你会变得心软、脆弱。如果这时有人想要伤害你，他甚至都不需要亲自来攻击你，因为你已经变成了一个容易受到攻击的靶子。"

雾气消散了，清晨的几缕阳光从墓碑后面射过来。

"但是你，"我继续说道，"你不想变得脆弱。你想变成别人无法伤害的人，你想要自由，想要独自一人。你就是这样想的，不是吗？你不爱我们是因为你不想成为一个弱者，你想保护你自己。"

起风了。我等了一分钟，但我等待的回答并没有出现。

突然，伴随着早晨的微风，一阵温暖的、春天般的、游弋的味道让我打了个冷战。

橙花的气味。

不，这不可能！

当四肢开始颤抖的时候，我努力想弄明白这到底是怎么回事。现在最多刚过早上七点，我这次才回来了十二个小时。

我不能现在就走！

电流冲击着我的大脑。

冰冻的地面再也无法支撑我的双脚。

我消失了。

2012　踽踽独行

孤独的感觉，
我已习以为常。
但对自己的恨，
比孤独更可怕。
——约翰·欧文

一股清新、强烈的薰衣草味道。

木头和松脂的香气，配着一段诱人的旋律——迪恩·马丁热忱又温暖的嗓音演绎的《飞翔》，其中夹杂着老式唱机吱吱嘎嘎的声音。

我感到一阵心悸，浑身冒汗，眼睛实在睁不开。我喉咙干涩，嘴里仿佛都是沙子。又是一阵偏头痛，好像还没有从宿醉中醒来。

肚子咕咕直叫。我动了动身体，却因为抽筋而不得不停下来。

喉咙对水的渴望最终迫使我睁开了眼睛。

我渐渐恢复了意识。看了眼手表，现在是下午四点多。

我半躺在一张靠背、座位都铺着垫子的沙发上。这是一家温馨的店铺，像是直接从 20 世纪 50 年代搬过来的。周围的置物架上摆着面霜、洗剂、肥皂、泡沫刷和电唱机。我蹒跚着站了起来，努力辨认门上的字。

我现在正在东哈莱姆区的一家理发店里。

1

"坐吗，孩子？"身后传来一个声音。

我吓了一跳，一回头，看见这家店的主人——一个留着灰色络腮胡子的上了年纪的黑人，他戴着一顶博尔萨利诺帽，穿着衬衫、马甲和系着背带的条纹裤子。

他示意我坐到一把倾斜着的红皮沙发椅上。

"对不起，我没听到你进来，我老啦，聋得厉害！"他说着发出一阵响亮的笑声。

"对不起，先生，但是……"

"叫我吉布里尔。"

"我太渴了，吉布里尔。可以问您要一杯水和一点儿阿司匹林吗？"

"我会帮你的。"他允诺道，然后消失在店铺后面。

理发店的一角放着一张陈旧的桃花心木独脚小圆桌，上面堆着一摞杂志，在阳光的照耀下泛起灰尘。最新的一本是 2012 年 2 月 24 日的《娱乐周刊》，封面上是一个金发女人的照片，她留着短发，眼神坚毅，下面横着一条标题。

丽莎·埃姆斯

最新热播剧集《昨日展望》女主角访谈

　　比起我认识的妻子，这位女士更苗条，更有魅力，也更冷漠。我翻开这本杂志，读了这篇访谈。是的，她成功地获得了梦寐以求的角色。对此，我应该感到开心还是遗憾？

　　"来了，年轻人！"吉布里尔回来了，拿着一瓶苏打水和一板药片。

　　我服下两粒药片，喝了三杯水，感觉好了些，虽然头还是很痛。

　　我沮丧地看着镜中的自己。我已经四十六岁了，脸上的皱纹暴露了我的年龄。我的眼神愈加暗淡，深陷在眼眶中，带着浓重的黑眼圈，鱼尾纹侵蚀着眼角。曾经的黑发变了颜色，皱纹爬上了额头，脖子周围全是褶皱。脸色苍白，面部轮廓越发松弛，失去了往日的棱角和刚毅，两条突兀的法令纹从鼻翼一直延伸到嘴角，平添了一丝沮丧的神色。

　　我筋疲力尽，任由自己倒在沙发椅上。吉布里尔在我脸上敷了一条热毛巾，毛巾散发出胡椒薄荷的味道。我放松下来，听着他在一块皮质磨刀布上磨刀的声音。接着，他用一把泡沫刷给我涂上肥皂沫，然后手持剃刀，顺着我的脸颊和喉咙滑过。我沉浸在他熟练的动作中，回忆起"前一天"的悲惨遭遇。

　　与丽莎的争吵让我失去了理智。我浪费了宝贵的一天，而这一天我本该和孩子们一起度过。

　　理发师用温水帮我冲洗干净，又用明矾处理了一个小伤口。作为收尾，他在我脸上又盖了一块薄荷味的热毛巾。我闭上眼睛，听到一阵铃声。又一位顾客进来了。

我就这样一动不动地躺了一会儿，希望能最大程度地恢复体力。突然，一个熟悉的声音向我打了声招呼：

"我的孩子，你是想让皮肤柔软点儿吗？"

我吃了一惊，扯掉盖在脸上的毛巾，看见苏里文坐在我旁边的沙发椅上。

他更瘦了，脸上布满深陷的皱纹，看上去十分疲倦。但他的眼睛仍旧那么有神，闪烁着狡黠的光芒。

"见到你真好，"我给了他一个长长的拥抱，"我很抱歉，上一次我们错过了。"

"是的，我知道，丽莎告诉我了。你把事情全搞砸了。"

"这不是我一个人的错。"我为自己辩解。

苏里文咕哝了一句，然后转向吉布里尔，为我们做了介绍。

"这是我的孙子，亚瑟。我和你说起过他。"

"就是他吗，那个会消失的男人？"

"完全正确！"

理发师拍了拍我的肩膀。

"知道吗？我从 1950 年就开始给你祖父刮胡子了。苏里文和我，我们认识六十年了。"

"没错，老家伙！那么，你是不是该去储藏室找一瓶威士忌来庆祝一下？"

"我有一瓶二十年的布什米尔，就等着你给我说说那些新鲜事呢！"理发师转身走了。

苏里文从外套口袋里掏出一部手机，拨了一串号码。

"我现在打给丽莎，她在加利福尼亚拍电视剧。"

这个消息让我很沮丧。我已经下定决心，不再浪费一丁点儿时间，好好修补我们之间的关系，但见不到妻子的现实让我不知所措。

"索菲娅和她在一起，但你儿子还留在纽约。"苏里文告诉我。我感到好受了些。

祖父和丽莎说了几句话，把手机递给了我。

"你好，亚瑟。"

丽莎的声音直爽而坚定，永远那么动听。

"你好，丽莎。上次的事情，我很抱歉。"

"你应该感到抱歉。我等了你整整一个晚上，而且本杰明也在等你。"

我把手机贴在耳朵上，避开其他人，走到人行道上。我产生了一个想法。

"也许我可以去加利福尼亚看你？如果我现在出发去机场……"

"那样做对我们大家没什么好处，"她打断了我，语调有些尖刻，"相反，我觉得你应该花点儿时间和本在一起。"

"他怎么样？"我担忧地问。

"准确地说，他不好，一点儿也不好。"她语气中带着责备，声音低沉，"现在没人能管得住他。在学校里，他不学习，和所有人打架，偷东西，逃学；在家时也好不到哪儿去，没人能开导他。说他不愿意配合都算是比较委婉了，他有时甚至很暴力。我已经管不了他了，苏里文是唯一能够和他讲通道理的人，但也不是每次都有效。"

她声音里的苦恼让我深感震惊。

"也许应该带他去看看心理医生。"

"本已经看了几个月的心理医生了，是学校建议的。"

"那医生怎么说？"

"医生认为他的行为是在寻求帮助。可是，我不需要一位心理医生来告诉我，说本对我们一家人的处境感到很失望。或者说，是对你的处境……"

"所以，又是我的错！那你在距他四千公里之外的地方生活，这也算对他好吗？"

"我每周都会去看望我的儿子。我不是全职妈妈，不可能整天待在家里，吃着安眠药和抗抑郁药，乖乖等你回来。"

我看着对面人行道上的行人。

二十年来，哈莱姆的街道也变了很多，现在这里有更多人，更多家庭，更多孩子的欢笑。

"三年之后，一切都会结束。"我用确信无疑的语气对丽莎说。

"不，没人知道三年之后会发生什么。"

"丽莎，不要把我们仅有的这点时间用来吵架。我们彼此相爱，而且我们……"

"不，你不爱我！"她突然激动起来，粗暴地打断了我的话，"不管怎么说，你从来没有爱过真实的我。你爱的只是一个模糊的印象，那和真正的我完全不一样。"

我想要辩驳，但她没有给我时间。

"我要挂了。"她冷淡地说。

然后，她挂断了电话。

2

"干了它，孩子。"苏里文递给我一杯威士忌。

我拒绝了他的邀请，但他坚持要我喝。

"来吧，要对得起你的爱尔兰血统！你一定听过那句俗语：在爱尔兰，人们只在两种情况下喝威士忌——口渴的时候和不口渴的时候。"

我转身对吉布里尔说："您能给我拿杯咖啡吗？"

"唉，年轻人！我店门口的招牌上写的是'理发店'，可不是'饭店'！"他拍着大腿说道。

苏里文摸了摸口袋，拿出两张票，放在我面前。

"今天晚上尼克斯队和克里夫兰队在麦迪逊广场花园有场比赛。这两张票原本是为吉布里尔和我准备的，但你和你儿子一起去的话会更好。"

"如果你们早就约定好了……"

"别替我们担心，"吉布里尔插话进来，"和孩子一起去看比赛吧。至于我和苏里文，我们就去红公鸡餐厅吃咖喱鸡或小牛排，还可以去124街的脱衣舞酒吧喝一杯。嘿，我现在就去给你倒杯咖啡！"

只剩我和苏里文两个人在房间里的时候，我把那件一直折磨我的事告诉了他。

"去年我回来的时候，遇到了一个问题，一个大问题。"

他长长地叹了口气，掏出他的好彩牌香烟，取出一支别在耳朵后面。

"那次回来的时间比以前短，"我对他说，"短很多！不是二十四小时，而是十二小时！"

苏里文的打火机喷出一道长长的黄色火焰。

"这正是我一直担心的，"他点燃了卷烟，哀叹道，"我也遇到过同样的事情。我最后四次旅行的时间也明显变短了。"

"这是怎么回事？"

"从倒数第四次开始，每次回来的时间会变成之前的一半：先是十二小时，然后是六小时，再然后是三小时。"

"那最后一次呢？"

"只有一个多小时。"

沉默在房间里久久地回荡着。我无法相信苏里文刚刚说的话。惊讶之后是愤怒。

"为什么你之前什么都没告诉我？"我提高了音量，一拳打在桌面上。

他闭上了眼睛，显得很疲惫。

"因为这对你没有任何帮助，亚瑟。只会让你崩溃。"

我拿起桌上的两张票，离开了理发店。

噩梦还在继续。

3

本杰明的小学坐落在格林街和华盛顿广场的交叉口，在靠近纽约大学的一栋红砖大楼里。

我靠在马路对面的墙上，看着那些孩子一边交谈一边走出校门，然后一个接一个消失在人行道尽头。这些小家伙甚至都不到十岁，但行为举止已经像个大人了——女孩们穿着年轻女人的衣服，显得有些古怪，男孩们则效仿小滑头的样子。

看到本杰明的时候，我几乎认不出他了。他长得很快，满头金发，穿着一条深色牛仔裤、一件毛皮领夹克，还有一双我在他那个年纪也穿过的三叶草鞋。

"为什么是你来接我？"他放下他的滑板车，问道。

"嘿，别高兴得那么明显！"我上前抱住他。

他从我的怀抱里挣脱出来，踩上滑板车向公园滑去。

"今天晚上，我们两个男人一起出去，"我走在他后面，"这儿有两张票，我们去看尼克斯队的比赛。"

"不想去。我不喜欢篮球。"本咕哝着，加速向前滑行。

这可说不准……

我错得一塌糊涂。在麦迪逊广场花园度过的这个晚上，我一直在看着自己的儿子，心里好像打了个结。他把我当成陌生人，逃避我的目光，回答问题时只用寥寥几个字。

我是一个不在家的父亲，这让我付出了代价。

在内心深处，我完全能够理解他。在以往每次我回家的短短几个小时里，我总表现得满怀忧虑和担心，从来没有全身心地陪他一起度过。我心中有一部分始终在别处。我总想着明天，想着下一次会在哪里醒来。我从未抓住时机——当然，也从未有过合适的时机——教他一些事情，我没有教给他任何知识，任何价值体系，任何能帮他穿越悲痛的祈祷。但事实上，我又能教他什么呢？我从弗兰克那里继承了看待世界的悲观

235

视角，人生对我来说仅仅是一场和时间的对决，一场尚未开始就已经输掉的战争。

纽约队以 120:103 战胜了克里夫兰队。尽管天气很冷，本杰明仍然坚持要走路回去。走到家门口的时候，我看了眼手表，向他建议："要是我带你去吃龙虾卷，你会高兴吗？"

他抬起俊美的脸庞，但他看着我的眼神让我觉得很陌生。他明亮的双眸中闪耀着一团既恼火又忧郁的火焰。

"你知道什么会真正让我高兴吗？"

我做了最坏的心理准备。

果然，本杰明用憎恨的语言说道："就是你永远都不要回来！你永远从我们的生活中消失！"

他停顿了片刻，更加气冲冲地说道："不要管我们了。忘记我们吧！不要再让妈妈痛苦了！你就只会做这一件事情——给别人带来痛苦！"

这些话像一把匕首，刺进了我的心。

"你这么说对我不公平，你很清楚这不是我的错……"

"不要每次都说这不是你的错！因为我们已经不在乎这到底是谁的错！你不在家，这就是事实！我还要告诉你另一件事。为了不让索菲娅受到伤害，妈妈从来都没有告诉过她你是她父亲！可你甚至都没有发现她从没叫过你爸爸！"

他说得没错。

眼前的真相压垮了我。

"听我说，本。我知道现在的状况让你很难接受，也很难理解，但听我说，这种状况不会一直持续下去。再过三年，一切都会恢复正常。"

"不会的。"

"为什么不会？"

大颗大颗的眼泪顺着他的脸颊滚落下来，我紧紧地抱住了他。

"三年之后，索菲娅和我都会死的……"他在我耳边抽泣着。

"不会的，孩子！谁告诉你的？"

"苏里文……"

我无法克制内心的愤怒。我把儿子带到牡蛎酒吧，我们在大厅里最安静的一张桌子边坐下，点了两份三明治和两瓶可乐。店里四分之三的座位都是空的。

"快告诉我苏里文究竟是怎么和你说的。"

他揉了揉眼睛，喝了一口可乐，抽泣着说："这几个月，曾祖父的身体一直不太好。他咳嗽得很厉害，还喝了很多酒。一天晚上，妈妈做了可丽饼，让我给他送一点儿过去。我去他家，敲了门，但一直没有人来开门。正要回去的时候，我发现门没有上锁，就走了进去。然后，我看到他醉得不省人事，倒在客厅地板上。"

"这是什么时候的事情？"

"三个月前。我把他扶了起来，他身上的酒味特别重。我陪他待了一会儿，问他为什么喝那么多酒，他说是为了忘记恐惧。就是那次，他给我讲了他的故事，告诉我相同的事情也会发生在你身上。第二十四次旅行结束之后的那个早晨，一切都会消失。当你醒来的时候，妈妈不再认识你，而索菲娅和我，我们就像从未在这个世界上存在过一样。"

我用纸巾帮他擦掉了顺着脸颊流下来的泪水，想让他安心些。

"苏里文身上发生的事情确实是真的，但这并不意味着同样的事情会发生在我们身上。"

"为什么我们就能逃脱呢？"

"因为我们彼此相爱。而且我们四个人组成了一个家庭，我们是科斯特洛家族。你知道莎士比亚是怎么说的吗？山穷水尽的时候，爱会助你一臂之力。你知道这句话是什么意思吗？"

"爱比任何东西都要强大？"

"完全正确。正因如此，你没有什么可害怕的。"

几秒之内，莎士比亚这剂灵药就发挥了作用。但很快，现实又一次占了上风。

"你觉得妈妈还爱你吗？"本吃了一根薯条，问我，"我觉得她很喜欢那个叫尼古拉斯的家伙。"

"尼古拉斯·赫尔，那个作家？"

儿子面露窘色，点了点头。

"是的，那个作家。他到家里来的时候总能把她逗笑，而且我听到他在电话里跟别人说他把妈妈照顾得很好。"

我看着儿子的眼睛，用最有说服力的语气回答："听我说，本，你必须相信我。妈妈真正爱的人是我。因为我是你们的爸爸，是索菲娅的爸爸，也是你的爸爸。等我彻底回到你们身边之后，我也会把她逗笑，我也会照顾好她的。"

这些话好像发挥了一些效力，让他重新有了胃口。吃完龙虾卷后，我们回到家里，那个做保姆的女孩已经在等着他了。

我们两个一起在浴室里刷了牙，就像他小时候我们会做的那样。然后，我给他盖好被子，向他道了晚安。

　　"我们还要度过艰苦的三年，本。如果我们共同努力，对彼此抱有信心，我们一定能熬过去。所以，你要非常听话，不要再做那些蠢事了，好吗？"

　　"好。我是家里的男人。"

　　"完全正确。"

　　"而你，你是会消失的男人！妈妈一直都这么叫你。"

　　"是的，"我承认，"我是会消失的男人。"

　　事实上，我已经开始颤抖了。

　　"晚安，我的男子汉。"我一边说一边关掉了灯，不想让他看到我痉挛的样子。

　　"晚安，爸爸。"

　　我含着泪水，走到门边。刚走出卧室，我就消失了，甚至没来得及迈上楼梯一步。

　　我究竟犯了什么罪，要付出如此沉重的代价？

　　我所做的一切究竟是为了补偿怎样的错误？

2013 雨季

生活是由一系列零散的部件组合而成的。
——查尔斯·狄更斯

一阵窃窃私语。

一股皮革和旧书的味道。

一种适于学习的宁静氛围，不时被翻书声打破，其中夹杂着刻意压低的咳嗽声、敲打键盘的声音以及木地板轻微的嘎吱声。

我躺在一个木质平面上，可以感受到上面刚打的蜡。我睁开眼睛，吓了一跳，赶紧抓着两只扶手坐了起来。四周是成千上万本不同的书，放置在长达几千米的书架上。穹顶的雕刻十分精细，巨大的吊灯，光滑的阅览桌，配有乳白色灯罩的黄铜台灯。

我在纽约公共图书馆的阅览室里。

1

头还是有点儿晕，我站了起来，想要探索周围的一切。

主入口的门楣上，一只巨大的挂钟显示此刻是 12:10。午餐时间。实际上，很多位子都是空的。我来到报刊架前，看了眼报纸头条。

叙利亚人道主义危机
纽敦屠杀之后，参议院对枪支管控的重要投票

……今天是 2013 年 4 月 15 日。

我的期限就快到了。从现在开始，距离终点只剩下两次旅行了。两次旅行，然后就是未知的世界。

阅览室靠里面的位置，有一块区域提供自助电脑服务。这时，我突然冒出了一个想法。

我来到一台电脑前，想要上网。不幸的是，上网需要输入密码，而这一服务只对有图书借阅证的人开放。

我等了几分钟，仔细观察周围。突然，旁边一个人的手机振动起来。她站起来去别处接电话，却没有退出电脑系统。我坐到她的座位上，打开一个新窗口，上了搜索引擎。我点了几下鼠标，来到我妻子的情人的维基百科页面。

没有照片，只有一篇简短的生平介绍：

尼克·赫尔

尼古拉斯·斯图尔特·赫尔，1966 年 8 月 4 日出生于波士顿，美国作家与编剧。

毕业于杜克大学，在伯克利和芝加哥教授文学。

他的三部曲《潜水》于 1991 年至 2009 年间出版，获得了巨大成功，让他成为世界闻名的作家。

2011 年，他编写了电视剧《昨日展望》，该剧在 AMC 电视台播出。他同时担任该剧的制片人和节目统筹。

我还想点开其他链接，突然，一个声音质问道："喂，您在我位置上干什么？"

那个女大学生已经回到了阅览室。我被抓了个正着，连忙道歉后沿着一条通向布莱恩特公园的楼梯离开了图书馆。

我来到了一个熟悉的地方——第五大道和第六大道之间的中城区。坐地铁的话，去格林威治村只有四站，一刻钟后，我就能穿过华盛顿广场了。在回家之前，我决定去苏里文家一趟。

来到祖父家门口，我惊讶地发现一只新的信封被塞在门环的爪子里。

上一次，是为了通知我儿子的降生。这一次，信上的消息却不太好。

孩子，

我们已经好久没见过面了，我非常想你。

如果你也想念你的祖父，就来贝尔维尤医院看我吧。

别耽搁太久。

我这把老骨头开始觉得累了。

2

缓和医疗病房
临终陪护

在所有我了解的医院里，这一直都是一项特殊服务。医护团队需要确保治疗的舒适度，也要关心病人的疑惑、害怕以及最后的意愿。

在一位护士的陪同下，我推开了病房的门。这是一间明亮、安静、适于冥想和内省的房间，沉浸在柔和的光线中。他们减少了医疗设备，用最少的治疗量来确保他临终时的体面，并降低他身体上的痛苦。

苏里文躺在病床上。我都快认不出他了——脸颊深陷，面色灰暗，皮肤反光。他瘦得就像一具尸体，躯干上全是凸起的骨头，整个人好像缩小了一圈。

肺癌晚期。这该死的疾病，它已经夺去了我曾祖父和我父亲的生命。

一种奇怪的家族延续。

苏里文猜到是我，睁开了一只眼睛。

"还记得吗，"他气喘吁吁地说，"我们两个第一次见面就是在一间病房里。现在又是一间病房，我们要在这儿说永别了……"

我喉咙哽咽，泪水湿了眼眶。我无法否认他说的话。

我们都知道，这是最后的时刻了。

他还想说些什么，却陷入了无休止的咳嗽中。护士给他背后放了一个靠垫，然后离开了，让我们单独待在一起。

"你终于追上了时间，赶回来了，孩子。"他不停地喘着粗气，"我尽了最大努力，想要留住生命，想要活久一点儿，因为我不想没和你道别就走。"

我知道这种现象，它总是让我深感震撼。许多人在生命的最后时刻会迸发出一种不可思议的生命力。有时是因为在等待某个至亲，有时是因为想要完成某个最后的愿望。

苏里文咳嗽了很久，用嘶哑的嗓子继续说道："我想和你说一声再见，但更重要的是一句谢谢。谢谢你把我从地狱里救了出来。你把我从布莱克威尔医院带出来，给了我二十年的生命，这二十年是我从未期待过的。真是不错的福利，不是吗？"

眼泪从我的脸颊上滑落。苏里文抓住我的手，露出安心的神情。

"别哭，孩子。我好好活了一回，这有你的一部分功劳。二十年前，我们第一次见面的时候，我几乎已经死了。是你让我获得了新生！你让我踏上了一段新的人生轨迹，我很幸福。你让我遇见了丽莎，让我能够见到我的曾孙和曾孙女……"

他也忍不住哭了，眼泪从满是皱纹的皮肤上爬过。他靠向我的手臂，让我把他扶起来。

"现在，我最担心的是你，亚瑟。你要做好面对那些可怕的事情的准备。"

他的眼睛因为激动而布满了血丝，不停地眨动着，似乎在向我预言世界末日的到来。

"二十四向风吹过，一切皆空。"他像是在重复一句咒语，"我知道你从未相信过，但这就是将要到来的事实！第二十四天早晨，当你重新恢复意识的时候，你曾经遇见的任何一个人都不会记得你。"

我摇着头，试着安抚他："不，我不相信这样的事情会发生。弗兰克记得和你在肯尼迪机场见面的事，还记得你让他砌一面墙封死地下室里的那扇门。看，并不是所有你做过的事情都会消失不见。"

但这番话并没有让苏里文动摇。

"你所建立的一切都将坍塌。对你的妻子来说，你是一个陌生人，你的孩子们会消失，而且……"

他停下来，又爆发出一阵咳嗽，仿佛正在溺水。咳嗽刚一停止，他就接着说道："没有比这更加残忍的事了。当痛苦太过沉重，当你觉得这一切太不公平时，你会不惜任何代价来让它停止。"

他喘着气，调整了一下呼吸。

"我经历过这些事情，孩子，所以我可以肯定地告诉你——这种痛苦会让你无法忍受，甚至会让你自杀，让你发疯。答应我，不要做和我一样的事情，亚瑟！不要让悲伤左右你，一定要抵挡住那些黑暗的想法！"

他喘着粗气，抓住我的手。

"你不应该孤独一人，亚瑟。在生活中，如果只剩你自己的话……"

他又停了下来，凝聚起最后一点力气，说道："……如果只剩你自己，你就已经死了。"

这是他最后的话。

我在他床边驻留了很久，直到发觉自己的四肢在颤抖。在消失前，我看到桌上放着一张他随身携带的照片，那是 2009 年一个美丽的夏日我用延时摄影的方式拍的。

我们五个人都在照片里，紧紧挨着彼此。丽莎光芒四射，本穿着跳跳虎睡衣在做鬼脸，索菲娅炫耀着她仅有的两颗牙齿，还有苏里文，作为一家之长自豪地搂着我的肩膀。

这是完美的一刻，它已经被定格在永恒的时光之中。

我们是一家人。

我们是科斯特洛家族。

当我开始痉挛的时候，我把这张照片装进了外衣口袋。

在时间里融化之前，我给了祖父最后一声问候。

他是唯一一个永远支持我的人。

他是唯一一个永远不会让我失望的人。

他是唯一一个永远不会背叛我的人。

2014 真相，是另外一个

> 每个人身上都有两个个体：
> 真相，是另外一个。
> ——豪尔赫·路易斯·博尔赫斯

一声爆炸。

人群的喧闹声。

铃鼓声，铜管乐器的演奏声，锣声，爆竹的噼啪声。令人厌恶的腌鱼味，异国香料的气味，熏肉的味道。

我艰难地恢复了意识，浑身无力。一根金属杆压在我的颧骨上，另一根挤着我的胸口。我觉得自己飘浮在空中，处在一种不稳定的平衡中。突然，我掉了下来。

好家伙！

我被粗暴地弄醒了。

我睁开眼睛，果然，我的身体正沿着一条铁坡道俯冲而下。我张开手臂，尽力想要抓住些什么。

　　终于停住后，我睁开了眼睛，然后发现……一个巨大而凶恶的龙头。

1

　　一条巨龙。又是一条。

　　眼前起伏着一条由龙、狮子和马组成的队伍，一群盛装的男人在舞动着。

　　我停在距离地面几米高的地方，歪着头，手臂松松地垂着。

　　我站了起来。这里是一条楼梯末端的平台，位于一幢砖房外墙上的逃生通道上。

　　街上一片骚动，游行队伍正在前进：五彩缤纷的彩车、舞动的人群、巨大的动物模型。

　　我认识这条狭窄的街道。这里两边都是阴暗的建筑，积聚着尘垢，有许多悬挂着灯箱和象形文字招牌的小商店。

　　是唐人街。

　　每年都会有游行队伍从这条街上出发，庆祝中国的新年。节日的气氛十分浓郁：彩旗迎风招展，彩色的纸屑在空中飘荡，除旧迎新的爆竹声声作响。

　　我跑下楼梯，来到人行道上。柱子上张贴的一张海报标明了今天的日期——2014 年 2 月 2 日，还有游行路线——窝扶街、东百老汇大街、罗斯福公园。

我拨开密集的人群，想要离开这里。

走到桑树街的时候，来来往往的出租车的车顶广告似乎在嘲笑我。那上面正在宣传尼古拉斯·赫尔的新书《情人》。

我在哥伦布公园休息了一会儿，这里比刚才那条街安静多了。这是一个美丽的冬日下午，气温适宜，天空明净，微风习习，阳光透过树枝洒下来，照出了空中的浮尘。

年迈的华人围坐在石桌旁，或是打麻将，或是玩骨牌，不远处是打太极拳的人和演奏各种乐器的乐手，以及带着孩子来野餐的年轻夫妇。多么美好的景象。

"爸爸！"

突如其来的叫声吓了我一大跳。我转过身，看到一个不认识的小女孩坐在一张木头长椅上，膝盖上放着一本绘画簿。她对着我笑，我的心跳在加速。

是我的索菲娅！

我和她偶遇的概率真的只有百万分之一。苏里文说得对：任何一次旅行都绝非偶然，所有旅行都遵循着一种逻辑。

"你好吗，我的小姑娘？"我坐到她身旁。

我不曾见证她的成长，但这句所有父母都会说的话自然而然地从我嘴里溜了出去。

当她还是婴儿的时候，我就离开了她。再见她时，她已经是个小姑娘了，金色的长发闪闪发光，戴着珍珠色发夹，穿一件优雅的小飞侠领的裙子。

"我很好，爸爸！"

我看了看周围。十米开外的地方，那个瑞典保姆的眼睛一刻都没离开过她的手机屏幕。

"你认得我，索菲娅？"

"当然了，妈妈经常给我看你的照片！"

我控制不住自己的眼泪。

"真希望你能知道，见到你是一件多么幸福的事！"我把她拥进怀里，对她说。

我拉着她的手，把她带到离保姆远一点儿的地方。

"我们走，小宝贝，我给你买些吃的。"

我带她来到流动商贩的摊位前，买了一杯卡布奇诺、一瓶橘子水，还有一份小吃拼盘：糖姜片、水果干、香港华夫饼、莲藕片……

"大家都还好吗？"我问她，一边把食物放在一张铁桌上。

"都不错！"她咬着一块饼干，肯定地告诉我。

然后，她摊开画笔和绘画簿，开始画起画儿来。

"哥哥呢？你和他相处得好吗？"

"是的，本对我很好。"

"那妈妈呢？"

"她经常出去工作。"

我喝了一口咖啡。

"她一直都在和尼古拉斯见面吗？"

"是啊，当然了，"她抬起眼睛望着我，"我们现在全都住在他家里。"

这个消息让我差点儿跳了起来。我让她再重复一遍，以确认她确实理解这句话的意思。

"你知道吗，我现在有自己的卧室了。"她说。

"但是……你们住在那里多久了？"

"几个月了，我们是在感恩节前几天搬到那儿的。"

我叹了口气，双手托着头。

"你别伤心，爸爸。"

我喝光了咖啡。

"妈妈一直都在生我的气吗？"

"我猜是的。"她摇晃着橘子水说。

她拧不开瓶盖，把瓶子递给我，说："但是妈妈知道这不是你的错，她知道你也无能为力。"

我摸了摸她的头发。

"听我说，宝贝，所有这一切马上就会结束了。从明年开始，我们就可以一直见到彼此。每天都见！"

我的小女儿摇了摇头。

"我不相信。"

"为什么这么说？"

"本告诉我，他说我们会死的。是苏里文跟他说的。"

我发火了。

"不，亲爱的，这些都是屁话，苏里文说的都是屁话！"

"你说脏话了！"

"是的，我收回！没有人会死，好吗？"

"好的。"她说，好像完全是为了让我开心，而不是相信我说的话。

我帮她把橘子水倒进纸杯里。

"你觉得妈妈还爱我吗？"

"我不知道。"她有点儿为难地回答。

"那你觉得她爱那位尼古拉斯吗？"

"爸爸！我不知道，我只有十岁！"

我听到有个声音在叫"索菲娅"。我转过身，看到公园另一头的保姆猛然间发现她照顾的孩子不见了。

我没有多少时间了。

"尼古拉斯住在哪里？"

"我忘记地址了。"

"努力想一想，我的小猫咪。"

她低头想了几秒钟，告诉我："我们进电梯的时候，会按 33 楼。"

"好吧，但是在哪个街区呢？"

"我不知道。"

"那么……你走出那幢大楼，走路可以去哪里？"

"嗯……有时候我们会去一家叫音乐堂的餐厅吃汉堡。"

"好的，我知道那家餐厅，就在三角地。你住的那幢楼像什么？"

"它特别新！我们有时候会叫它叠叠高[1] 大楼！"

"好极了，我会找到的！"我说着，揉了揉她的头发，"你太聪明了，我的宝贝！"

"索菲娅！"

---

[1] "叠叠高"是一种游戏，每一位玩家轮流从垒成塔形的积木中抽出其中一块，将其置于塔顶，积木倒塌之后游戏结束。

这一次，保姆找到了我们。我从椅子上站起来，紧紧地抱了抱女儿。

"再见了，我的小宝贝。我们明年再见！到时候，我们有的是时间，可以在一起做各种各样的事情，好不好？"

"好的，"她露出了美丽的笑容，"爸爸，我为你画了张画。你带上它吧！"

我接过她递给我的那张纸，把它折了起来，放进口袋，然后从北面离开了公园。

2

这幢建筑宛如一座水晶雕塑，苗条瘦长，有两百五十米高。

三角地大厦坐落在窝扶街和百老汇大街的交叉口，这幢既现代又奢华的公寓楼是 2000 年后如雨后春笋般在曼哈顿的天空下崛起的大楼之一。

从建筑学上讲，这幢大楼是由形状和大小各不相同的玻璃房屋组成的，一层叠着一层，每一层都独一无二。从远处看，它就像一堆马上要倒下来的书。这幢建筑肯定遭到过不少诋毁，但它十分新颖，在这片历史街区的古老建筑群里独树一帜。

可我怎样才能进入这座建筑呢？当我的出租车停在三角地大厦前面的时候，我问自己。

大楼门口有两个穿着制服的人，其中一位急忙过来为我打开车门。我自信地下了车，昂首挺胸走进这幢摩天大楼，没人问我任何问题。大堂约有十米高，连接着机场候机室和一家现代艺术馆的展厅，装饰以玻璃墙、抽象的极简主义作品、一片盆景森林和一道植物幕墙。

一座宏伟的半透明天桥通向公寓电梯。我踏入电梯间，发现需要输入密码或电子指纹才可以上楼。正当我准备放弃的时候，一个侍者模样的人进来了，他捧着许多奢侈品牌的包裹，跟我打了声招呼，然后在电子屏上输入了一串数字。他按下了顶楼的按钮，然后问我："先生，您去几楼？"

"33 楼。"

几秒之后，我站在了尼古拉斯·赫尔的公寓门口。

门虚掩着。

没有什么是偶然的，苏里文似乎在我耳边低语。

我轻手轻脚地走进去，进入起居室。里面的装潢十分现代，但很温馨。黄昏的阳光从四面八方穿透公寓，将这里变成一个近乎超现实的地方。一道道柔和的、金色的、鲜活的光芒环绕在我周围，仿佛一条金色的蟒蛇将我包围。

我走向巨大的透明玻璃窗，走到装有水晶护栏的阳台上。从这儿可以一览无余地看到东河、布鲁克林大桥、市政大楼金色的圆顶、世贸中心闪闪发光的新楼……

这里的视野让人十分惊叹，但我总感觉有什么地方让人不大舒服。这间玻璃厅堂太不真实了，它好像脱离了那些我真正热爱的事物，脱离了人、熙熙攘攘的街道、人与人之间的关系，以及生命。

我回到公寓里，看见墙上挂着丽莎和孩子们的照片。明媚的笑容、融洽的氛围和无数幸福的时光都被胶片一一记录下来。没有我，他们的生活仍在继续。这些照片就是证明。

我并不是他们生活中不可或缺的一部分。

我的目光停留在女儿的一张黑白照片上。再次见到她让我心神不宁，我已经开始想念她了！我一边继续在客厅里转悠，一边从口袋里拿出那张索菲娅为我画的画。

房间一角放了一张胡桃木写字台，上面堆着几摞书，等待着被写上几句话并签名。这些是公寓主人最新出版的书——一本厚实的小说，封面上是玛格丽特[1]的一幅画，画中一个男人和一个女人在接吻，他们的脸上都蒙着一块白布。这本书的标题和作者名字都是银色的大写字母，镶嵌在暗色的背景中：

情人

尼古拉斯·斯图尔特·赫尔

我摊开那张之前小心地放进口袋的纸，那上面并非女儿答应送给我的画，而是一句话：

爸爸，你想知道一个秘密吗？

我打了个寒战。把纸翻过来，上面写着：

---

[1] 勒内·玛格丽特，比利时画家。

作家，就是你。

我没能马上明白索菲娅想要告诉我什么。

我的目光再次落在小说的封面上。

情人

尼古拉斯·斯图尔特·赫尔

突然，我感到一阵晕眩，这些字母在我的脑海中动了起来，构成了几个让我无法站稳的词：

亚瑟·苏里文·科斯特洛[1]

我惊恐万分，急忙拿起一本书，翻过来。封底上有尼古拉斯·赫尔的一段简短的生平介绍，还有一张半身像。

而这张照片上的人，是我。

---

[1] 将小说名《情人》（LOVER）和尼古拉斯·斯图尔特·赫尔（Nicolas Stuart Hull）中的字母进行重组，可以得到亚瑟·苏里文·科斯特洛（Arthur Sullivan Costello），两者字母完全一致。

3

"别告诉我你很惊讶!"

有人走进了房间。我转过身,看到一个长得和我一模一样的人。一个克隆人。另一个我,带着一点儿傲慢,却少了我身上的沉闷、压力、忧虑,以及这些年来浸透我身心的不安。

我一动不动。因为惊讶,也因为害怕。

"你是谁?"我终于说了出来。

"我就是你!当然是这样了。"另一个我朝我走过来,"说真的,二十四年了,你还没有想出答案吗?"

"什么答案?"

他爆发出一阵尖利的笑声,拿起一包放在写字台上的好彩牌香烟。

"弗兰克弄错了。生命中真正的问题,不是我们不能信任任何人……"

他划着一根火柴,点上烟,接着说道:"真正的问题,最根本的问题,是我们永远只有一个真正的敌人,那就是我们自己。"

他走到餐桌前,倒了一杯日本威士忌。

"你想知道灯塔的真相吗?"

一阵彻底的沉默过后,他接着说道:"真相是,某些事情是不可逆转的。你无法消除它们,你不能回到过去,你不会被原谅!为了不造成其他损失,你只能与之妥协,和这些糟糕的事情一起活下去。这就是全部。"

我的额头冒出了汗珠,怒火在内心翻滚,如同汹涌的海浪。

"这和灯塔有什么关系?"

他喷出一口烟,似乎很满足。

"好吧，既然你非要把我当成个傻子的话，"他嘲弄地说，"那我就告诉你事实。事实就是，你并不想知道真相。"

我已经听够了。

我的目光被写字台上的一把裁纸刀吸引住了。这是个精美的物件，像一把袖珍版的武士刀，上面镶嵌着象牙。另一个我肆无忌惮地玩弄着我，嘲笑我的存在。盛怒之下，我抓起裁纸刀，对准他，步步逼近。

"为什么你要偷走我的生活？我不会让你得逞的！我会夺回我的妻子和孩子！我不会失去他们！"

他的嘴唇扭曲了，爆发出一阵笑声。

"你不会失去他们？蠢货，你已经失去他们了！"

为了让他住嘴，我朝他腹部猛刺了好几刀。他倒下了，倒在血泊中，倒在金色的木地板上。

我一动不动，时间好像暂停了几秒钟。然后，视线变得模糊，眼前的画面开始跳跃，就像童年看的那种老式电视机。我的身体感到一阵刺痛，开始痉挛，接着变成了无法控制的抽搐。这副躯体在虚化，在丧失活力，在逃离现实，在一阵焦糖的气味中走向衰竭。

接着是一声沉闷的爆炸，就像是被静谧吞没的枪声。在即将消失的那一刻，妻子和孩子们的影像出现在我的脑海中。

真相在我眼前涌现。

和我一直坚信的恰好相反，消失的人不是我。

而是他们。

CHAPITRE V / 第五章 未完成的小说

解药与伤痛

> 也许我们生命中最美好的部分，
> 永远都属于过去。
>
> ——詹姆斯·萨利斯

布莱克威尔医院，史坦顿岛

2014 年 12 月 29 日

电梯门在七楼打开了。

埃丝特·黑兹尔医生从电梯里走了出来，白大褂紧紧地裹在她身上。她是个身材矮小、精力充沛的女人，留着灰金色短发，戴一副圆形的玳瑁眼镜——这为她那双神采飞扬的绿色眼睛增添了智慧和好奇的神色。她走到护士台后面，拿起一本病历。里面的内容她已经很熟悉了，但她还是翻阅了一遍，希望能在与病人会面之前专心思考一会儿。除了医生的处方，这里面大多是一些媒体报道，可以追溯到三年前。

亚瑟·科斯特洛
试笔青春文学

——2012 年 10 月 8 日 《出版人周刊》

以写作惊悚和奇幻小说而闻名的畅销书作家下周将推出新书《桑树街女孩》，这是他第一部面向年轻读者的作品。

这本书只有两百页，但似乎与亚瑟·科斯特洛以前的作品风格迥异。《桑树街女孩》将由作者长期合作的双日出版社出版，定于 10 月 15 日星期一正式上架。"这是给我儿子本杰明十岁生日的一份特殊礼物，我专门为他写了这本书。"作者在一次媒体见面会上宣布。

这部小说在童话故事的框架下，讲述了小女孩奥菲莉娅的生活。她在自家房子的谷仓里探险时，发现了一道活板门，从而开始了一段神奇的时光旅行。这番奇遇把她带到了"镜子的另一面"，她在那里发现了一个奇幻而又惊险的平行世界。该作品介于路易斯·卡罗尔[1] 和《回到未来》之间，适合十岁以上的读者阅读，不过，这部充满深意的传奇之作对成年读者也同样具有吸引力。

亚瑟·科斯特洛出生于 1966 年，年轻时就通过写作来赚取医学院的学费。1986 年至 1989 年间，他用笔名出版了两本侦探小说和一本科幻小说；1991 年，当他还是急诊室实习医生时，就以本名出版了《潜水》

---

[1] 路易斯·卡罗尔（Lewis Carroll），英国数学家、作家，著有童话《爱丽丝漫游奇境》与《爱丽丝镜中世界奇遇记》。

三部曲的第一部，在全球范围内取得巨大成功。之后，科斯特洛结束了自己的医生生涯，专心写作。二十年来，他写过不同风格的作品，有奇幻、惊悚、侦探以及科幻小说，最著名的当属《失物招领》（获 2001 年爱伦·坡最佳小说奖）、《萦绕》（获 2003 年轨迹奖）、《不眠之城》，以及他和朋友汤姆·博伊德合写的《双子》。

目前，亚瑟的作品已被翻译为四十种文字，在全球累计发行七千万册。他的作品大多都已被改编为电影和电视剧。

★

亚瑟·科斯特洛
凭借小说《桑树街女孩》荣获雨果奖
——2013 年 8 月 9 日《柯克斯书评》

继获得布莱姆·斯托克奖最佳青年阅读作品后，亚瑟·科斯特洛又获殊荣，这部《桑树街女孩》更是在最近几周的畅销榜上遥遥领先。

当被问起预计新作在青春文学领域能否获得持久反响时，科斯特洛回答："我写这本书是为了给我儿子庆祝十岁生日。以前，我写的小说里有太多暴力和恐怖场景，不适合他阅读。我五岁的女儿索菲娅也已经开始学习认字。她非常羡慕哥哥，要求我也为她写一部小说。所以，大家恐怕暂时还无法摆脱我呢！"

★

作家亚瑟·科斯特洛
将为 AMC 电视台创作剧集

——2013 年 11 月 9 日 *Variety.com*

　　作家亚瑟·科斯特洛与 AMC 电视台签约，将为其创作一部原创剧集，并将同时担任制片人和节目统筹。

　　AMC 电视台周五宣布已经与科斯特洛达成合作意向，将共同制作一部超现实主义的原创侦探剧集，而科斯特洛已经为这部剧作努力了多年。这部电视剧名为《昨日展望》，讲述了纽约的一个警察世家好几代人共同追捕一名连环杀手的故事，而这位杀手能够自由穿越时空。

　　目前我们暂未获悉拍摄和制作计划，但 AMC 电视台对该剧十分看好，目前已确认购买第一季的八集，并希望能够尽快将其搬上银幕。

★

丽莎·埃姆斯
加盟《昨日展望》剧组

——2014 年 3 月 2 日 *Deadline.com*

　　继威廉·达福和达拉斯·霍华德之后，丽莎·埃姆斯也已确认加入 AMC 电视台《昨日展望》剧组。她将在其中饰演一个角色，具体内容暂时未知。

埃姆斯毕业于茉莉亚学院，曾担任 CK 品牌的广告模特，以其在为数众多的话剧和百老汇音乐剧中担任的角色而闻名。她同时也是该剧制作人、作家亚瑟·科斯特洛的妻子。

★

萨加摩尔大桥上发生一起严重交通事故

——2014 年 6 月 11 日 《伯恩每日新闻》网站

事故发生在周三下午 3 点左右。一辆驶向科德角的汽车严重偏离路面，撞上萨加摩尔大桥上的一处护栏后跌入河中。

警察、消防员及一队潜水员立刻赶到现场，初步调查显示一名十几岁的男孩和一名女孩死亡。司机为一名女性，大约四十岁，已从事故车辆中救出，目前处于昏迷状态，被即刻送往伯恩医院。

16:00 更新

据警方透露，驾驶事故车辆的是女演员丽莎·埃姆斯，即畅销书作家亚瑟·科斯特洛的妻子。

这对夫妇住在纽约，他们是科德角的常客，经常来此地度假。

此前被潜水员打捞上来的尸体很有可能是他们的孩子：十二岁的本杰明和六岁的索菲娅。

据悉，事故发生时，作家科斯特洛并未与其家人在一起。

23:30 更新

根据医院方面的消息，丽莎·埃姆斯已脱离生命危险。

★

女演员丽莎·埃姆斯试图自杀
尚未脱离生命危险
——2014 年 7 月 3 日　《美国广播公司新闻》

自从三周前两个孩子在车祸中丧生后，这位模特出身的女演员于今晚服用了大量药物，并试图割腕自杀。

他的丈夫，作家亚瑟·科斯特洛在他们位于格林威治村的住宅内发现了试图自杀的妻子，对她进行急救后将其送往曼哈顿贝尔维尤医院。

据医院方面的消息，该女演员身体状况堪忧，尚未脱离生命危险。

★

亚瑟·科斯特洛因斗殴被警察制服
——2014 年 11 月 17 日　《纽约邮报》

这起斗殴事件发生在昨晚，地点是西四街华盛顿广场地铁站站台上。作家科斯特洛在明显喝醉的状态下袭击了大都会运输署的一名工作人员。

监控显示，这位成功的作家在地铁进站时试图跳下铁轨，但在最后关头，被马克·欧文——一名年轻的检票员——抱住，从生死线上救下。科斯特洛先生对此感到不满，对救命恩人施暴，之后被警察制止。

尽管工会坚持，但这位大都会运输署的检票员不希望向对方提起诉讼。

★

作家亚瑟·科斯特洛入院
——2014 年 11 月 21 日 《纽约邮报》

在经历了上周的自杀事件之后，这位畅销书作家要求将自己送往位于史坦顿岛的布莱克威尔医院进行心理治疗，该消息于今日由其经纪人凯特·伍德证实。

"子女遇难，再加上与妻子分居，亚瑟现在正在经历一段非常艰难的时期。"伍德女士说，"但我相信他会找到对抗和战胜这场悲剧的力量。"

埃丝特·黑兹尔把材料夹在腋下，深深地吸了口气，朝走廊尽头的712 病房走去。

她在那儿遇到了这层楼的护士——一个身材健硕的巨人，有人叫他双面人，因为他脸上有一部分被严重烧伤了。

"请把门打开。"

"好的，"护士说，"不过我必须申明，虽然病人现在像小牛一样温顺，但您应该比我更清楚，这种家伙什么事都干得出来！还有，我得先提醒您，病房里的紧急呼叫按钮坏了。所以，一旦出现任何问题，不要犹豫，立刻大声喊叫。但我们也不能保证随叫随到，谁让你们总叫我们干活儿，效率实在低下！"

埃丝特瞪了他一眼，"双面人"后退一步。

"不就开个玩笑吗……"他低声抱怨着，耸了耸肩膀。

"双面人"打开病房的门，请埃丝特进去，又在她身后把门重新锁上。

这是一间狭小、简陋的单人病房，里面只有一张铁床、一把瘸腿的塑料椅子和一张固定在地板上的桌子。

亚瑟·科斯特洛半躺在床上，后背靠着枕头。他已经四十多岁了，却依然是位美男子。他神色忧郁，留着棕色头发，身材高大，面部轮廓棱角分明，穿着一条硕大的长裤和一件紧身 T 恤。

他一动不动，眼神呆滞，仿佛身处另一个时空，沉浸在遥远的白日梦中。

"早上好，科斯特洛先生，我叫埃丝特·黑兹尔，是这所医院心理疾病中心的主治医生。"

科斯特洛像大理石一样纹丝不动，好像并没有意识到心理医生的存在。

"我负责签署您的出院意见书。但在您离开之前，我要先确认您不会给自己和他人带来任何危险。"

亚瑟突然从呆滞中回过神来。

"但是医生，我一点儿也不想离开这儿。"

埃丝特拉过一把椅子，坐到病床前。

"我并不认识您，科斯特洛先生。我既不认识您本人，也没看过您的书。但是，我读过您的病历。"她把文件夹放到他们之间的小桌上。

　　她停顿了几秒钟，然后明确地说道："我希望您能亲自把事情的经过讲给我听。"

　　亚瑟第一次看了眼医生。

　　"你有烟吗？"

　　"您应该很清楚，我们这里不能抽烟。"她指着烟雾探测器说道。

　　"那你走吧！"

　　埃丝特叹了口气，让步了。她把手伸进白大褂的口袋，掏出一只打火机和一包细长的薄荷味香烟递给他，又重复了一遍她的问题："给我讲讲您的故事，科斯特洛先生。您的孩子们出事那天，到底发生了什么？"

　　亚瑟把一支烟夹到耳后。

　　"我已经把事情的经过跟你的同事反反复复讲过好多遍了。"

　　"我知道，科斯特洛先生，但我希望您再对我讲一遍。"

　　他揉了好一会儿肩膀，深深地叹了口气，说道："本杰明和索菲娅死的那天是 2014 年 6 月 11 日。那时我正处在一段非常艰难的时期。几个月以来，我一行字都写不出。年初，我的祖父去世了，这对我打击很大。是他燃起了我对阅读和写作的兴趣，是他送给我第一台打字机，也是他在我初次写作时给我指导。我和我父亲的关系一直都不好，苏里文是唯一一个始终支持我的人，唯一一个从来没有背叛过我的人。"

　　"您和您妻子的关系怎么样？"埃丝特问。

　　"和所有夫妻一样，我们的关系有高潮也有低谷。就像许多作家的妻子，丽莎经常责备我离现实生活太遥远，没有花足够的时间陪她和孩子们。她觉得自己承担了太多，认为我的幻想世界正在蚕食我们的生活。

因此她把我称作'会消失的人'。"

"会消失的人？"

"因为我总是溜进书房，和笔下的那些人物待在一起。她说我是忽略家庭的逃兵。确实，我错过了许多次家长会，许多场足球比赛，还有许多次期末演出。当时，所有这一切对我来说都微不足道。人们永远都会觉得时间多的是，相信自己总能追回那些逝去的时刻。但事实并非如此。"

沉默了一阵之后，埃丝特·黑兹尔又把话题抛给了作家。

"所以说，发生事故的时候，你们已经分手了？"

"比这更糟糕。我当时认为丽莎对我不忠。"

"有什么根据吗？"

亚瑟含糊地摆了摆手。

"当我走进房间时，她会突然挂断电话。她经常毫无理由地外出，还换了手机密码……"

"就这些？"

"对我来说，这些已经足够让我去请一位私家侦探了。"

"所以您这样做了？"

"是的，我联系了扎卡里·邓肯，他以前是警察，后来转到了安保部门，是我写侦探小说的顾问。他总是穿着一件红十字会大衣，戴一顶牛仔帽，看上去没有什么让人印象深刻的地方，但却是纽约最有效率的调查员之一。我雇他跟踪丽莎，一周后，他带给我一些让人难以接受的证据。"

"比如说？"

"主要是一些照片，可以看到丽莎和一个叫尼古拉斯·霍罗维茨的男人正一起走进波士顿市中心的一家酒店。一周之内见面三次，每次不超过两个小时。扎卡里让我先等等，等最终的调查结果出来，再去找妻子谈谈。但在我看来，毫无疑问，这个人就是她的情人。"

亚瑟从床上下来，向窗边走去，透过玻璃望着那些飘向阿斯托里亚的棉絮般的云朵。

"第二天，我就和丽莎摊牌了。"他接着说道，"那是一个周六，我们原本计划去我非常喜欢的一个地方度假：二十四风向灯塔。这是一座建在科德角的灯塔，我们几乎每年都会租下那里，住上一阵。我觉得这座古老的建筑有一种特殊的魅力，在那里的时候，我总是灵感不断，写作相当顺利。但是那天早晨，我们还没出门我就对丽莎大发雷霆。吃早餐的时候，我给她看了那些照片，勒令她向我解释。"

"那她是什么反应？"

"她得知我请了私家侦探跟踪她，非常生气，拒绝做出任何解释。我从来没有见过她发那么大的火。她让孩子们上车，丢下我一个，然后开车去了科德角。之后，他们遭遇了车祸。"

科斯特洛的叙述突然中断了。他爆发出一阵剧烈的咳嗽，带着哭腔。

然后是长久的沉默。

"她走之后，您都做了什么？"

"什么也没做。我待在家里，浑身瘫软，被她身上的香水味包围着，那是橙花的味道。"

"您的妻子从未背叛过您，对吗？"埃丝特猜测道。

"是的，事实恰恰相反。她一直在担心我，所以想给我一个惊喜。她出演了一部电视剧，刚收到一笔丰厚的酬金。她已经用这笔钱买下了二十四风向灯塔，这是我后来才知道的。"

"她想把灯塔送给您？"

亚瑟点了点头。

"她知道我和那个地方之间有一种神秘的联系，她认为我祖父去世之后，灯塔会重新带给我写作的动力。"

"那个男人呢，尼古拉斯·霍罗维茨到底是谁？"

"他不是丽莎的情人，只是一名波士顿商人，手里握着许多连锁酒店和位于新英格兰的家庭旅馆。更重要的是，他是波士顿一个古老家族的后代，也是灯塔的继承人。霍罗维茨不愿意出售这座历史悠久的建筑，为了说服他，丽莎那几个星期才多次和他通话、见面。"

亚瑟说完，点着了香烟。埃丝特·黑兹尔没有说话，她摩挲着肩膀，好让自己暖和起来。现在已是隆冬季节，病房里像冰窖一样寒冷。热水在暖气片里流动的声音清晰可闻，但房间里一点儿热气都没有。

"未来你有什么打算？"她问道，试图对上亚瑟的目光。

"未来？什么未来？"他激动起来，"你觉得在杀死自己的孩子之后，我还有什么未来？你觉得……"

心理医生利落地打断了他："别这么想。您没有杀死孩子们，您心里很清楚这一点！"

亚瑟没有理会，而是激动地抽了一口烟，目光飘向窗外。

"科斯特洛先生，您现在是在医院，不是在旅馆。"

他像是被蜇了一下，转过身来，带着疑问的神色看向她。

黑兹尔解释说："许多在布莱克威尔治疗的病人都经受着严重的病痛折磨，却没有武器与之对抗。您和他们不同，您有才华，不要任由痛苦将自己摧毁。做点儿什么吧！"

　　亚瑟感到震惊，他反抗道："天哪，你到底想要我做什么？"

　　"做您最擅长做的事：写作。"

　　"写什么呢？"

　　"写那些困扰您内心的事情。重新经历一遍那些不幸，用语言描绘您的痛苦，从而卸下重担，因为它们本就来自外部。对您来说，写作既是痛苦之源，又是解药良方。"

　　作家摇了摇头。

　　"不，这不符合我的写作理念。我不会把自己的精神状态强加给读者，写作不是治疗，是另外一种东西。"

　　"是吗，那是什么呢？"

　　亚瑟突然间变得生气勃勃。

　　"它是一种想象的工作，是经历不同的人生，是去创造宇宙、人物和整个世界。它是对文字的耕耘，对语句的修饰，必须找到一种节奏、一种呼吸、一种音乐。写作不是用来治疗的。写作会带来痛苦，会使人苦恼不堪、心神不宁。很抱歉这么说，但是你和我，我们做的工作完全不一样。"

　　埃丝特一字一句地回答道："我认为恰恰相反，科斯特洛先生。我们的工作使用相同的材料：压抑、恐惧、痛苦和幻觉。"

　　"所以，你认为仅仅通过写作，我就能翻过这一页，把往事彻底遗忘吗？"

　　"我并没有说过要您忘记过去，我仅仅是建议您把痛苦具化成一部小说，让痛苦离得远一点儿。把现实生活中无法接受的事情放在一部小

273

说中，让它们变得不那么难以承受。"

"对不起，我做不到。"

埃丝特·黑兹尔快速抓起放在桌上的病历夹，拿出几页复印件。

"我找到了 2011 年《每日电讯报》刊登的一篇关于您的访谈，当时您刚在英国出版了一本小说。我现在给您念念——在虚构故事的不真实背后，永远都隐藏着真实的部分。小说几乎都带有自传色彩，作者会通过自我的透镜去讲述故事——然后，您又加了这么几句话——为了创造出有意思的人物，我需要和他们保持情感相通。我依次成为小说中的主人公们，如同一道穿过棱镜的白光，每一个人物都从自己身上衍生出来——您要我继续读下去吗？"

亚瑟·科斯特洛不愿直视心理医生的眼睛，只是耸了耸肩。

"我又不是第一个在访谈中说些无稽之谈的人。"

"当然了。但是在这种场合，我知道这确实是您心中所想，这是……"

埃丝特正要继续她的推论，烟雾报警器突然响了。

几秒钟后，"双面人"闯进了病房。

烟蒂和桌子上的香烟惹怒了他。

"够了，医生，您必须立刻离开！"

媒体报道

作家亚瑟·科斯特洛出院

——2015 年 1 月 5 日　《纽约地铁报》

著名作家亚瑟·科斯特洛于今晨从布莱克威尔医院出院。自从两个孩子在车祸中丧生，科斯特洛一直情绪消沉并曾试图自杀，随后在这家医院住院一个多月。

他的经纪人凯特·伍德声称作家有意创作一部新的小说，而作家本人则拒绝对此予以确认。

★

KateWoodAgency@Kwood_agency　2 月 12 日

好消息！亚瑟·科斯特洛的新小说将于春天面世！名为《会消失的人》。

★

亚瑟·科斯特洛的新小说即将问世？

——2015 年 2 月 12 日　《纽约时报书评》

在传言持续几个月之后，双日出版社与作家科斯特洛的经纪人凯特·伍德在社交平台上证实了这一消息。作家亚瑟·科斯特洛预计在明年春天推出最新小说，这将成为他在子女遇难后的第一部作品。"小说名为《会消失的人》，"经纪人补充道，但她不愿意透露更多消息，仅表示"故事将会从科德角岩石上矗立的神秘灯塔展开"。

当晚，科斯特洛的挚友——作家汤姆·博伊德对这一消息表示怀疑："今天下午我和亚瑟刚通过电话，他嘱托我否认这一传言，"这位远在加利福尼亚的作家声称，"他确实会重新开始写作，但现在谈及出版，还为时尚早。亚瑟并未做出任何承诺。尽管他的经纪人和出版社想要推进这件事，但我认为他们这样做得不偿失。"汤姆隐晦地表示。

爱是一座灯塔

爱是亘古长明的灯塔，
它定睛望着风暴，却兀不为动。

——威廉·莎士比亚

今天

2015 年 4 月 4 日，星期六

初升的太阳点燃了地平线上方的天空。

一辆旧雪佛兰小卡车开上了通往温切斯特湾最北端的石头路，它的引擎盖高高拱起，装有镀铬护栅。这地方人烟稀少，景色优美，被大海和悬崖环绕，海风呼啸而过。

丽莎·埃姆斯把车停在灯塔旁边的沙石路上，一条毛发蓬松的拉布拉多犬从车里冲了出去，大声叫着。

"轻一点儿，雷明顿！"丽莎一边关上车门，一边说道。

她抬眼望向坚固的八角形灯塔。灯塔旁边是一幢石头房子，上面覆盖着尖尖的石棉屋顶。

丽莎踏上通往这幢乡间别墅的台阶，脚步有些犹豫。她从皮衣口袋里掏出一串钥匙，打开门，走了进去。这是一间宽敞的客厅，裸露的横梁悬在头顶，有一扇朝向大海的玻璃门。

房间里有一排书架、一只衣柜，以及许多漆成白色的木头架子。墙壁搁板上堆着渔网、缆绳、大小不一的风雨灯、上过清漆的木质捕虾笼、海星，还有一个封在玻璃瓶里的帆船模型。

丽莎在壁炉边找到了自己的丈夫。他瘫倒在沙发里，睡得很沉，身边放着一瓶威士忌，已经空了四分之三。

泪水模糊了她的双眼。自从本杰明和索菲娅遭遇意外后，她就再也没见过他。看样子，他瘦了足有十几公斤，头发蓬乱，胡子拉碴，挂着黑眼圈，她都快认不出来了。

写字台上摆着一台旧打字机，她认出那是苏里文送给他的十五岁生日礼物，深蓝色的铝质外壳，型号是"奥利维蒂·书信"。

看到这台打字机，她有些困惑。亚瑟已经很长时间不用它来写作了。

她转动滚轮，拉出了夹在齿轮间的那页纸。

2015　第 24 天

> 夜晚。
> 视线所及之处，
> 空无一物。
> 他孤独一人。
> 而孤独有一个同义词：死亡。
> ——维克多·雨果

我睁开双眼。

我

文字在这里结束。她不明白是什么意思。

然后，她发现打字机旁边堆着厚厚一摞纸。她双手颤抖，拿起了这份原稿，浏览了开头几行。

尾声 恐惧史

人的一生就是一部恐惧史。

——巴勃罗·德·桑蒂斯

1971 年

"亚瑟，别怕！跳下来！我一定会接住你！"

"你……你保证吗？爸爸。"

那年我五岁，两腿悬空坐在双层床的上铺。父亲在下面张开双臂，一脸宠爱地望着我。

"来吧，小伙子！"

"我害怕……"

读了不到十行，丽莎就忍不住哭了出来。她坐到写字台前的藤椅上，继续往下读。

两个小时之后，她读完了最后一行字，双眼通红，喉咙哽咽。这本小说，是他们之间故事的暗喻。

在这两百页里，她看到自己的一生如电影般从眼前掠过。她和亚瑟在 20 世纪 90 年代初相遇，她那时刚到纽约，还是茱莉亚学院的学生，为了支付学费在一家地下酒吧打工。之后，亚瑟使用了重塑、修饰和混合的手法，展现了他们夫妻之间的快乐与困境、他们在巴黎的蜜月、本杰明和索菲娅的出生、他们一家人之间真实却又复杂的爱。这是一条怀旧的时光隧道。

她抬手拭去脸上的泪水。

在阅读的过程中，她能体会到亚瑟心中的罪恶感和内疚感，和她自己所背负的一样，令人难以承受。她曾把那场车祸归咎于他，此刻却懊悔万分。

透过文字，他们两人之间重新建立起了一条纽带。

当她再次抬起头的时候，阳光穿过透明的大门，给客厅涂上了一层温暖的色调。一直躺在沙发上的亚瑟呼出一口气，睁开了眼睛。

他站起来，看到妻子坐在写字台前，愣住了，有些不知所措。男人摇摇晃晃，仿佛见到了鬼魂或圣灵显现一般。

"嘿。"丽莎说。

"你来很久了？"

"两个多小时。"

"为什么没有叫醒我？"

"因为我在读你的小说。"

他点了点头。这时，雷明顿叫着朝他跑过来，舔着他的手。

"还缺个结尾。"她说。

亚瑟摊开双手，表示放弃。

"你已经知道结局了。我们无法打败命运，我们无法让破镜重圆，我们无法回到过去。"

她朝他走了一步。

"不要把这本小说写完，亚瑟！"她恳求道，"不要让我们的孩子再死一次，求你了！"

"这只是个虚构的故事。"他无精打采地说道。

"你比任何人都更清楚虚构的力量！就在这几页纸之间，你让本和索菲娅复活了！你让我们所有人都重新活了一遍，你让我们战斗。别让我们再分开一次，别用几行文字让这一切沉没。如果你把这本小说写完了，你就永远失去我们了。听我说，不要重新拾起你的罪恶感，也不要因为生活的悲剧不停地责怪自己！"

她慢慢走近他，在玻璃门前投入了他的怀抱。

"这本书是我们的伤痛，我们的秘密。不要把它给所有人看，因为读者期待的就是这些事情。没人会把你的书当成一本小说来读，他们只会像看热闹一样，去附会每一个细节，曲解我们的故事。而我们的故事值得更好的对待。"

亚瑟推开玻璃门，走到悬在大海之上的石头平台上。丽莎把原稿紧紧抱在怀里，跟了过去。在她身后，雷明顿沿着岩石凿成的台阶朝海滩方向跑去。

丽莎把原稿放在一张木桌上，桌子上的油漆因时光的侵蚀而变得斑驳。

"过来。"她说着，把手伸向丈夫。

亚瑟抓住了她的手，用尽全力，紧紧握住。她皮肤的温度和温柔的手指让他感受到一股全新的力量，一种他以为再也没有机会体会的感觉。

他们走向大海的时候，她对他说："我们不再是四个人了，亚瑟，但我们还可以选择两个人在一起。我们经历了许多考验，这是最严峻的一次。但我们还在这里，我们两个还在一起。我们甚至可以再生一个孩子，这是我们一直期望的，不是吗？"

一开始，亚瑟没有说话。他走在妻子身旁，走在这片绵延几公里的荒芜的海滩上。起风了，一阵凉意拂过脸颊。海浪裹着银白色的泡沫，冲刷着双脚。他们享受着这片狂躁的风景，它那原始、永恒的外观在今天以一种前所未有的方式重新为他们带来了活力。

海风越来越大，吹起了沙子。亚瑟转过身，把手搭在额头，望着峭壁上的平台。

那些纸稿被风带着，在空中盘旋。几百张纸四散开来，与海鸥一起飞翔。片刻之后，它们有些被大海带走了，有些则在潮湿的沙滩上打转。

亚瑟和丽莎望着彼此。

灯塔的传说果真不虚——二十四向风吹过，一切皆空。不过，也许这就是最好的结局。

因为接下去的故事才是重要的。

而他们决定，要一起把它写出来。

图书在版编目（CIP）数据

会消失的人 /（法）纪尧姆·米索著；关鹏译 . —长沙：湖南文艺出版社，2017.1
ISBN 978-7-5404-7879-7

Ⅰ . ①会… Ⅱ . ①纪… ②关… Ⅲ . ①长篇小说 – 法国 – 现代 Ⅳ . ① I565.45

中国版本图书馆 CIP 数据核字（2016）第 299896 号

著作权合同登记号：18-2016-186

上架建议：畅销·浪漫悬疑

HUI XIAOSHI DE REN
会消失的人

作　　者：［法］纪尧姆·米索
译　　者：关　鹏
出 版 人：曾赛丰
责任编辑：薛　健　刘诗哲
总 策 划：徐革非
特约编辑：姚非逐
监　　制：吴文娟
策划编辑：董　卉
文字编辑：宋　歌
营销编辑：仇　悦
版权支持：辛　艳
封面设计：利　锐　刘　夏
版式设计：刘　夏
出版发行：湖南文艺出版社
　　　　　（长沙市雨花区东二环一段 508 号　邮编：410014）
网　　址：www.hnwy.net
印　　刷：北京京都六环印刷厂
经　　销：新华书店
开　　本：880mm×1270mm　1/32
字　　数：211 千
印　　张：9.25
版　　次：2017 年 1 月第 1 版
印　　次：2017 年 1 月第 1 次印刷
书　　号：ISBN 978-7-5404-7879-7
定　　价：36.00 元

质量监督电话：010-59096394　团购电话：010-59320018